大富豪同心

贋の小判に流れ星

幡大介

双葉文庫

目次

贋(にせ)の小判に流れ星　大富豪同心

第一章　八百八町　妖怪跋扈

一

大奥中﨟、富士島ノ局の行列が上野寛永寺の門前町に入った。

上野の寛永寺と芝の増上寺は徳川家の菩提寺で、将軍は年に何度か参拝をする義務があった。将軍が参拝できない事情があるときには、代参として大奥からお局が派遣された。

大奥女中の幹部たちは〝籠の鳥〟で、一生、江戸城の外に出られない。これを一生奉公という。しかしそれではあまりに辛い。息も詰まる。救済措置として考え出されたのが〝御代参〟だ。寺社への参詣を口実に江戸城を出た大奥女中たちは、まっすぐには大奥には戻らず、芝居小屋や料理茶屋で羽を伸ばすことが黙認されていた。

富士島の乗物は一軒の料理茶屋（料亭）の前に着けられた。富士島ノ局は豪奢な座敷に通された。

廊下には猿喰六郎右衛門が正座している。富士島の護衛――という名目だ。眼光鋭く、周囲の気配に耳を澄ましている。

座敷では住吉屋藤右衛門が待っていた。

「おとっつぁん」

富士島はそう声を掛けた。

富士島はいったん大身旗本の家に養女として入り、旗本の娘という格式を得たうえで大奥の奉公を開始した。しかしそれでも住吉屋藤右衛門は実の父親である。富士島も町娘の生まれだ。素に戻れば、おとっつぁん、おっかさん。てやんでぇ、べらぼうめ。の口調に戻る。

藤右衛門もドッカリとあぐらをかいて煙管を斜めに咥えていた。将軍家ご愛妾に対する態度ではない。目を向けてニヤリと笑った。

「元気そうじゃねぇか、お藤」

本名で娘を呼んだ。

「まぁ、座りねぇ」

金屏風（きんびょうぶ）の前に席が用意されている。富士島はそこに座った。美貌の持ち主だが極めて不機嫌そうにしている。形の良い鼻筋をツンと横に向けた。

「まったくさぁ、嫌ンなっちまうよ。やること成すこと不始末ばかりじゃないのさ。ねぇ、おとっつぁん！」

富士島は身を乗り出した。

「おとっつぁんが送って寄越した悪党たちは、てんでだらしがないよ。役立たずばかりさ。いつになったら幸千代（ゆきちよ）を仕留めることができるんだい！　このままじゃ幸千代が次の上様になっちまうじゃないか」

富士島は苛立（いらだ）たしげに爪を噛み始めた。眉根にきつい皺（しわ）がよる。

「幸千代のご生母様は先の上様のご愛妾だった……。わっちが十三で大奥に奉公にあがった時、ご生母様はわっちをいじめにいじめ抜き、いびりにいびり抜きやがったのさ。あんな女が産んだ子が次の上様になるなんて耐えられない。勘弁できないよ！」

富士島は藤右衛門の袖にすがりついた。

「あの女が産んだ子を、幸千代を、殺してやっておくれよ、おとっつぁん！」

藤右衛門は煙管を斜めに咥えつつ、娘にジロリと目を向けた。

「甲斐国で隠れ住んでいる幸千代を仕留めるのは難しい。江戸に呼び寄せたほうがかえって仕留めやすいってもんだ。だからお前ぇに上様のお耳に囁きかけさせて、幸千代を江戸に引きずり出したんだが……」

「甲斐国で殺っちまったほうが良かったんじゃないのかい」

「馬鹿言っちゃいけねぇ。幸千代を守り育てたのは武田の遺臣どもだ。大井御前は武田の血を引く女大将。大井御前と武田の遺臣に守られた幸千代を殺すことは難しいぜ」

「なんだって、そんな面倒なことになってるのさ」

「先の将軍様が幸千代を守るために考えなされた秘策なんだぜ。そう易々と討ち破れるもんじゃねぇのさ」

藤右衛門は莨の煙をフーッと吐いた。

「徳川の家に怨み骨髄なのはお前ぇだけじゃねぇ。このおとっつぁんも同じだ。俺の家は甲州金座の家柄だった。江戸の金座の後藤家と並び称される名家だったんだぜ」

藤右衛門は遠い目をした。昔のことを思い出している。山間の谷に開かれた金山。無数の小屋が建ち並び、多くの金掘り衆が集まり、威勢よく働いている。掘り出された金鉱石を鑿で砕く者がいる。砕かれた小石を笊で選り分けるのは女たちの仕事だ。細い指で金のかけらを摘まみ取る。鉱山の仕事はきついものだが、やり甲斐のある仕事だ。皆、慎ましくも豊かさを享受し、幸せな生活を営んでいた。

「家康様の天下取りを助けたのも、俺たち甲斐の金掘り衆だった。俺たちが掘り出した黄金の力で、徳川は天下を取ったんだ。江戸の町を造ったのも黄金の力だ。それなのに！」

　藤右衛門は太い煙管を灰吹き（灰皿）に叩きつけた。

「徳川と江戸金座は日本中の金山を独り占めしようと謀りやがった！　俺たちにはなんの罪科もねぇ！　金を掘り出して小判を造っているってだけだったのに、それを理由に甲州金座を目の敵にして潰しやがったんだ！」

　甲州金座を造ったのは武田信玄である。武田家はかつての徳川の仇敵だ。徳川家は甲州金座を信用せずに、ついに取り潰しを命じた。小判を造っていた多くの家が解散を命じられたのだ。

「徳川が俺たちを『敵だ』と言うならかまわねぇ。徳川の天下をひっくり返してやるまでよ！　江戸金座の後藤家をぶっ潰し、甲州金座を再興してやるんだ！」

藤右衛門は娘の手を握って揺さぶった。

「将軍家の血筋が絶えれば御三家が動き出す。徳川同士の決戦だ。世の中がひっくり返るぜ！　いいや、俺たちの手でひっくり返してくれる！」

富士島も大きく頷いた。

その様子を廊下から、猿喰六郎右衛門が無言で見守っている。

＊

江戸の日本橋には豪勢な商家が軒を並べている。この町内に店を構えることが許されるのは日本でも有数の豪商たちに限られた。そのうちの一軒、大和屋が両替商の肝入りを任されていた。

肝入りとは同業者団体の議長のような立場で、同業者の意見のとりまとめや調停を行う。江戸の両替商たちはなにかといえば肝入りの店に集まって商売事の不都合や難題を解決した。

季節は冬になろうとしている。冷たく乾いた風が吹き抜けて土埃をまき上げていた。濛々たる土煙の中を、車軸を軋ませながら一台の荷車がやってきた。

轅の軛（横棒）を摑んで引く男は、衿に壱岐屋と屋号の入った法被を着ている。荷車を後ろから押す車力たちも同様だ。

荷車の前を、身なりの良い商人が歩いている。五十がらみの年格好。壱岐屋の主人、久兵衛である。顔色が悪くて頰がげっそりとこけている。俯き加減で目をショボショボとさせていた。

壱岐屋久兵衛と荷車は眼光鋭い浪人たちによって守られている。荷車のうえに載せられているのは金箱だ。なるほど厳重に守らねばなるまい。

久兵衛は両替商肝入り大和屋の前に荷車をつけさせた。大和屋の番頭や手代たちが挨拶に出てくる。壱岐屋久兵衛は挨拶すら煩わしげに遮ると、自分の店の者に向かって荷を車から下ろすように命じた。

金箱は壱岐屋の者たちの手で大和屋の座敷に運び込まれた。

南町奉行所の内与力、沢田彦太郎が座敷に入ってきた。肝入りの大和屋と壱岐屋久兵衛が揃って平伏して迎える。沢田は床ノ間を背にして大儀そうに座った。

座敷の真ん中には金箱が置かれている。沢田はジロリと目を向けた。

「またしても贋小判が両替商の店先に持ち込まれたのか」

壱岐屋久兵衛は畏まって答える。

「またもや、でございます。お改めを」

大和屋が箱の蓋を開ける。中には黄金色の小判が詰められてあった。久兵衛が答える。

「千と二十七両ございます。……贋小判の枚数を〝両〟で数えるのは、適当ではなかろうと存じますが……」

本当の小判であれば千と二十七両は大金である。厳めしい内与力の目尻も思わず下がってしまうほどだが、しかし、これが贋小判であるならば微笑んでなどいられない。

沢田はムンズと小判の一枚を摑み取った。すかさず大和屋が天眼鏡を差し出す。沢田は天眼鏡で小判の刻印を確かめた。

「なるほど、これは金座の後藤家の極印ではない。贋小判だ」

金座の後藤家は徳川幕府によって任じられた〝小判の造幣局〟である。

小判は金の塊に銀や銅を混ぜて作られる。純金ではない。混ぜ物の比率は時代によって変わるのだが、金座の後藤家が極印を押した瞬間に、金の純度に関わりなく〝一両〟の貨幣としての価値を持つ。

つまり、後藤家の極印が贋物ならば、それはただの〝金の塊〟であって貨幣としての値打ちはない。世の中に流通させてはならぬ物だ。

沢田は壱岐屋久兵衛に向かって大きく頷いた。

「よくぞ贋小判を届けてまいった。褒めてとらす。これらの贋小判は南町奉行所が公収いたす」

公収とは没収のことだ。沢田が宣言すると壱岐屋久兵衛は激しく身を震わせた。

「な、なれど……！　この贋小判は贋物とはわからずに両替した物！　お上に召し上げられてしまっては、手前の店は、千と二十七両の丸損にございます！」

江戸時代の日本には、金貨、銀貨、銅貨の三種の貨幣が流通していた。他に藩札などの紙幣もあった。これらの貨幣を両替して手数料を稼いでいたのが両替商である（今日の外貨交換所と同じ業務）。

小判すなわち金貨が持ち込まれて、銀貨や銅銭と両替する。ところが小判が贋物で、町奉行所によって没収、ということになれば、両替商は銀貨や銅銭の丸損になってしまうのだ。

「手前の店が潰れまする！」

壱岐屋久兵衛は涙を流して訴えた。

両替商肝入りの大和屋も膝でにじり寄って訴える。

「これなる壱岐屋だけではございませぬ！　江戸中の両替商が大損を被っております る！　このままでは江戸の商いが成り立たなくなりまするッ」

金融機関がすべて倒産したら経済はどうなるか。考えるまでもなく日本の国が、徳川幕府が潰れてしまう。

それは沢田もわかっている。

「贋小判は吟味のうえ、後藤家によって打ち直される」

贋小判も金でできているのだから、後藤家が吹き替え（小判をいったん溶かして違法の混ぜ物を取り除き、公定の比率で銀などを混ぜてから小判に打ち直すこと）をして極印を打てば本物の小判になる。

「新たに打ち直された小判がお上より下賜される。それまで待て」

壱岐屋と大和屋は顔を見合わせた。壱岐屋はそれでも納得できずに沢田に食らいついていく。

「お下げ渡しは、いつになるのでございましょうかッ？」

「まずは贋小判を作った下手人どもを捕らえてからだ」

一件が落着するまでは贋小判は裁きの証拠として保管される。吹き替えも打ち直しもできない。

壱岐屋は悲鳴をあげた。

「それでは手前の店が持ちませぬッ」

沢田も（困ったなぁ）と思ったであろうが、立場上、甘い顔はできない。

「どうにかして工面をいたせ」

そう言うとそそくさと立ち上がり、急いで座敷を出た。

壱岐屋が顔を両手で覆う。大和屋の前でもはばかりなく、すすり泣きをはじめた。

＊

深川の料理茶屋（料亭）の座敷に沢田彦太郎が座っている。同席しているのは三国屋徳右衛門だ。

売れっ子芸者の菊野が沢田に酌をする。だが沢田は杯を手にしたまま苦い顔だ。

「贋小判の横行は止む気配もない。商人たちも辛いであろうが、公儀の混乱も生半ならぬ。お奉行は今日も評定所に呼び出され、ご老中さまがたや勘定奉行さまがたよりきつい諮問をお受けなされた」

評定所とは幕府の最高裁判所であるが、枢密の政策会議としての性質ももつ。幕府の高官が一堂に会することができるのは評定所だけであるからだ。

沢田はクイッと杯を呷って顔をしかめた。

「今日も千両を超える贋小判の届け出があった。町奉行所は御用繁多なわりに予算が乏しい。いつでも金策に汲々とさせられておる。その町奉行所の蔵が、此度に限って黄金の輝きに満ちておる。わしが内与力として赴任して以来、はじめて見る景色じゃ」

菊野が「まぁ面白い。ホホホ」と笑った。

「笑い事ではないぞ。すべての小判が紛い物なのだ。なんたることか」

沢田はジロリと徳右衛門を見た。

「贋小判の出所は摑めたのか」

金銀の流通に関しては、役人よりも商人のほうが詳しく知っていることもある。江戸一番の両替商の三国屋と町奉行所は、手を携えて贋小判の問題に取り組んでいた。

徳右衛門も困り顔だ。

「贋小判と申しましても、なにぶん、本物の金で作られておりまする。出所は、と問われましても、金の地金には違いがあるわけでもなく……。金座の後藤様がお作りになった小判と、なんら変わるところがございませぬ」

徳右衛門は鋭い眼光となって、ちょっと膝を進めた。

「そもそもの話でございます。公儀の屋台骨を揺るがすほどの贋小判。これほど大量の金が、いったい何処（いずこ）から湧（わ）いて出てきたのでございましょうや」

「佐渡（さど）などの主立った金山は、佐渡奉行など、公儀の役人が目を光らせておる」

金山の採掘は徳川家の独占事業だ。

「金塊が密かに、大量に持ち出されることなど、ありえぬ話だぞ」

「いかにも左様にございましょう。ですからこそ、この大量の贋小判の出所が怪しゅうございます」

「海の向こうから持ち込まれたのではないか。羅宇（ラウ）や交趾（コーチ）の辺りでは金が採れると聞いたぞ」

今のインドシナ半島のことである。

徳右衛門は首を横に振った。

「日本の採掘量を超える金山は、異国のどこを探してもございませぬ」

「左様であろうな。お奉行が長崎奉行所に問い合わせたが、長崎にも怪しい船は入港しておらぬ、との返答であった」

沢田は腕組みをして唸る。

「町奉行所は、贋小判の詮議だけに掛かりきりにはなれぬ。上様の弟君が江戸入りをなさっておわす。御身辺をお守りせねばならぬのだ」

なんと今、その若君は南町奉行所の同心に身をやつしている。

「胃に穴の開くような毎日だぞ」

沢田は切ない顔で自分の腹をさすった。

「ご心痛、お察し申し上げます」

徳右衛門が頭を下げる。

替え玉の策を知る菊野は笑みを堪えきれない。

「あの若君様ならば、きっとご無事に切り抜けられましょうよ」

沢田は（そんな気休め、聞きたくない）という表情で首を横に振った。

「わしは帰る。贋小判の出所の詮議、怠るでないぞ」

徳右衛門は「ははっ」と平伏した。沢田は立ち上がって座敷を出る。菊野が見

送りについていく。徳右衛門の耳には届かない廊下で、

「若君様と卯之さんが入れ代わっているとお知りになったら、三国屋の大旦那様はどんな取り乱しようをなさいますことか」

「ええい、やめよ。想像したくもない！」

沢田はますます胃の痛そうな顔つきで帰っていった。

二

朝、〝同心八巻卯之吉〟は南町奉行所へと出勤する。道端に建つ番小屋の者がすかさず挨拶を寄越してくる。

「八巻の旦那、お早うございやす！」

同心八巻が問い返す。

「昨夜は、何事も起こらなかったか」

「へい。いたって平穏でござんした」

「わずかでも怪しげな気配に気づいたならば、いつでも報せに参れ」

「へい。畏まって」

同心八巻は軽く頷き返すと南町奉行所に向かって歩みだした。番屋の者がお辞

儀して見送る。その様子を江戸っ子たちが感心しきりの様子で見守っている。

「あの御方が八巻の旦那か。さすがの貫禄だねぇ」

「頭は切れる、腕は立つ、そのうえ男っぷりも良いってんだから。江戸の華とは八巻様のことだぜ」

使いに出された女中たちまで、急ぎの用も忘れて足を止めた。

「歌舞伎三座のお役者にも勝るお美しさ！　惚れ惚れしちまうよ」

などと賛嘆の声を背中に聞きつつ、同心八巻は悠然と歩を進めた。

お供の銀八は呆れるやら、感心するやら、である。

（まったく本物の同心様みてぇでげす。江戸の町に馴染んじまってるでげすよ）

もちろんこの八巻卯之吉は替え玉。正体は将軍の弟君、徳川幸千代だ。

（ウチの若旦那が同心様をやっているより、よっぽど同心様のお役が似合うでげすよ）

幸千代は次の将軍となるべく江戸に出てきた。同心などに馴染まれてしまっては困る。とはいえ銀八の身分では、どうこう口を挟むことはできない。

（どうなっちまうんですかねぇ）

などと内心で嘆いているうちに、南町奉行所の門前に到着した。

「よお、八巻！」

先達（先輩）同心の玉木弥之助が軽薄に声を掛けてきた。

幸千代は重々しく頷き返した。

「大儀である」

「お前なぁ、先達に対してその口の利きかたはないだろう」

などと言っているところへ、やたら見すぼらしい男が近づいてきた。

ボサボサに乱れた髪。顔中をヒゲが覆っている。着物も汚い。背中には菰をかぶっていた。

玉木が顔をしかめる。

「なんだあの野郎は。怪しいぞ」

足早に近づくと、汚い男の前に立ちはだかった。腰の十手を抜いて突きつける。

「その者、胡乱であるぞ。今、門内を覗き込んでおったな！　南町奉行所になんの用件か！」

菰を被った男は、菰の下から睨み返してきた。

「馬鹿野郎、俺だ！」

玉木が「えっ」と言って目を凝らした。

「村田さんじゃないですか！」

菰を被ったその男は、南町奉行所、定町廻り筆頭同心、村田銕三郎であったのだ。

「手前ぇの眼は節穴かッ。一目で俺だと見抜けないようでどうするッ。そんなとじゃあ曲者どもの悪行も見抜くことはできねぇぞッ」

「いや、あの……村田さんの変装があまりにお見事だったもので……。いやあ、すっかり騙されちゃったなぁ。さすがは村田さんだ。ハハハ……」

「お世辞なんか、いらねぇんだよ！」

村田は憤激しながら南町奉行所に入っていく。玉木と銀八は唖然としてその後ろ姿を見送った。

「なんなのだ、あれは」

幸千代が訝しそうに首を傾げている。

同心たちの用部屋でも村田の噂でもちきりだ。皆で輪になって語り合っている。

同心の一人が内与力の御用部屋から戻ってくるなり息せき切って告げた。

「村田さんは隠密廻り(おんみつ)に志願なさったそうだぜ」

隠密廻り同心とはその名のとおりに隠密裏(り)に探索を進める役職だ。町人や浪人、時にはヤクザ者などに扮装して悪党たちに近づき、悪事の証拠を集める。

同心の尾上伸平(おがみしんぺい)が腕組みをした。

「悪党どもの跳梁跋扈(ちょうりょうばっこ)はやむことがない。贋小判の出所もいまだに摑めぬままだ。村田さんが焦るのもわかる」

同心たちが頷いた。玉木は首を傾げている。

「それにしたってあの格好。橋の下にでも潜みながら悪党たちを見張ってるんだろうけれど……。これからどんどん寒くなるってのに、菰をかぶって夜露をしのぐなんて……村田さんにしかできねぇ仕事だよなぁ」

尾上は憂鬱(ゆううつ)そうに考え込んだ。

「隠密廻りは度を越して仕事熱心な同心にしか務まらねぇ。そういう意味じゃあ、村田さんに相応(ふさわ)しいと言えるんだけど……困ったよなァ」

玉木が顔を向ける。

「なにが困ったんだよ？」

「だってさ、村田さんが俺たちにまで『隠密廻り同心に役替えしろ』なんて言ってきたらどうするよ？　襤褸（ぼろ）を着て、髭面（ひげづら）で、悪党どもを探し回るのか？」

「それはたまったもんじゃねぇなぁ」

玉木が言い、同心一同、一斉に首を竦（すく）めた。

＊

卯之吉は今日も影武者を務めている。豪華な着物で書院に座っていた。

蘭学者が御前で平伏する。

「本日は、あるきめんですの算法をご進講申しあげまする」

「あるきめんです？」

「恐れながら、老師の掛け軸をば、掛けさせていただきまする」

蘭学者は床ノ間に上がって掛け軸を掛けた。巻かれていた紙が伸びる。

蘭画（西洋絵画）の手法で描かれた老人の顔が表装されている。偉大なる物理学者、あるきめんです老師の肖像であった。

この時代、学問や芸道を学ぶ時には、開祖の肖像を上座に飾って拝礼することが行われていた。歌道ならば柿本人麻呂（かきのもとのひとまろ）の画像が飾られ、生きている師匠に対するかのようにお辞儀をする。

　これからアルキメデスの法則を学習する。あるきめんです老師の肖像画を拝するのは当然なのであった。

　卯之吉は将軍家の若君ということになっているが、将軍家であろうと、ものを教わる時には師匠を上座に立てねばならない。卯之吉は壇上から下りて座り直した。

「さて若君様。こちらに小判をご用意いたしました。この小判は、実を申せば純金ではございませぬ。銀が混ぜられておりまする。さて、どれぐらいの割合で銀が混ざっているのか、お分かりになりましょうか」

　小判に銀が混ぜられていることは、庶民でも知っている。当然、卯之吉も知っている。卯之吉は小判を手に取って眺めた。

「う～ん、難しいねぇ」

「左様。眺めていてもわかるものではございませぬ。いかにして混ぜ物の量を見極めるか、その算法を導き出したのが、かの、あるきめんです先生にございまする」

「ほほぅ。偉いねぇ。どうやったんだろうね」

「これより、ご覧に入れまする。まずは小判の体積を量りまする」

たっぷりと水の張られた器に小判を十枚投じると、水がこぼれて溢れ出る。これが小判十枚分の体積だ。水は目盛りのついたギヤマンの筒に移されて、精密に体積が量られる。卯之吉は嬉々として帳面に書き留める。

「次にこの水の重さを量りまする」

天秤計りと錘を使って水の重さが求められた。

次に、再び一杯に水が張られた器が用意され、先ほど溢れ出た水と同じ体積の水が溢れるまで、純金の砂金が投げ込まれた。体積が同じになったところで砂金を取り出して、水気を払い、砂金の重さを量る。

「砂金と溢れ出た水は同じ体積。しかし重さは砂金のほうが水よりも十九倍ほど重たいことがわかりまする」

「ふむふむ」

「ところがこちらの小判の重さは、砂金の重さには及びませぬ。なにゆえにございましょうか。金より軽い銀が混ぜられているによって、純金よりも、混ぜ物の銀の分だけ、重さが軽いのでございます」

「なるほど、なるほど。じゃあ次は、銀の比重を調べれば、どれぐらいの銀が小判に混ぜられているのかが算出できるってわけだね」

　蘭学者はニンマリと笑った。

「さすがは若殿。ご賢察にございまする」

「早速、銀の比重を調べようじゃないか」

　卯之吉は嬉々として実験に興じている。

＊

　三国屋の手代、喜七が、暗い金蔵で金箱の小判を漁っている。そこへ徳右衛門が通りかかった。

「なにをしてるんだい」

「へい。先ほど本多出雲守様の下屋敷から使いが参りまして、『慶長小判、元禄小判、宝永小判、享保小判、元文小判をそれぞれ届けてほしい』との、ご用命を賜りました」

「なんだね、そのお指図は」

　江戸時代には何度か貨幣改鋳が行われた。それぞれの時代で小判における銀の含有量が異なっている。すべての時代の小判を三国屋は保管している。

卯之吉が、それぞれの時代の小判の銀の含有量を確かめたくて使いを出したのだが、そんなこととは思わない。卯之吉が幸千代の替え玉を務めていることを、三国屋ではまだ誰も知らない。

＊

大川(おおかわ)は滔々(とうとう)と流れている。永代橋(えいたいばし)は大川に架かる橋で、長さは百十間(ひゃくじっけん)（約二百メートル）、川面(かわも)からの高さは二間（三・六メートル）もあった。

壱岐屋久兵衛は、橋の上にぼんやりと立って川の流れを見下ろしていた。

千両を超える損失は、豪商といえども容易に埋めることのできる額ではなかった。しかもである。江戸中が異常な不景気だ。ほかならぬ贋小判の横行によって消費と流通が壊滅的打撃を受けている。金融市場も湿っている。金の工面はまったくつきそうになかった。

（いっそ、ここで身を投げたら、なにもかも楽になる……）

渦巻く流れを見ているうちに、ふと、そんな思いに囚(とら)われた。

七つの時に丁稚(でっち)奉公で大坂(おおざか)に出た。骨身を惜しまず働いて、読み書き算盤(そろばん)も必死に習った。その甲斐あって江戸の出店(でみせ)に出向を命じられ、手代、番頭と出世して、ついには先代の主人に見込まれて跡取り娘の婿に迎え入れられた。そうやってようやく掴んだ〝両替商の主〟という身分だ。

（人の何倍も苦労をして働いてきたのに、贋小判のせいで何もかも駄目になっちまった……）

なんと虚しい一生だろうか。

店が潰れたらどうなるのか。物乞いになるのか。

（死んだほうがましだ）

大川の流れを見つめた。吸い込まれてしまいそうだ。フラリと身を投げそうになった。

その時であった。

「おや。そこにおいでなさるのは壱岐屋さんじゃあございませんか」

妙に晴れやかな口調で声を掛けられた。顔を向けると橋の上に住吉屋藤右衛門の姿があった。

昨今の江戸でめきめきと頭角を現わしている商人だ。いずれは三国屋徳右衛門をしのぐと目されている。

藤右衛門の娘は評判の美形で〝玉の輿〟として大奥に上がり、将軍のお手がついた。そして今では大奥の中﨟、富士島のお局様だ。

将軍家との縁故を使って住吉屋はますます身代を太らせるだろう。

藤右衛門は笑みを浮かべている。

「そんな所にお立ちになって、なにをなさっておいでですか」

壱岐屋久兵衛は唇を噛みしめた。堪えようもなく涙がホロリと頬を伝った。

「住吉屋さん、あたしの店はもう駄目だ。仕舞いですよ。あたしはもう、生きる望みもなくなった」

「まるでそこから身を投げようとでもしているかのような物言いですな」

「その通りですよ。あたしは身投げしようとしてるんだ。どうぞ止めないでやっておくんなさい」

「いや、止めますよ。なにを言ってるんです、江戸でも有数の身代で知られた壱岐屋さんともあろう御方が」

「あたしはもう諦めちまったんだ。毎日毎日、贋小判が持ち込まれ、お上への供出を命じられる。店を開いて働けば働くほどに損を被るんです。なにを頑張れって言うんですか。頑張れば頑張るほど損をする商いなんて、やっていられたもんじゃないですよ」

住吉屋は「ふむ」と考える様子で首を傾げた。

「左様でしたならば別の商いで稼いだらどうです」

「贋小判が横行する今の世の中では、どんな商いに手を出したってしくじりますよ」

壱岐屋はため息をついた。するとその目の前にヌウッと、藤右衛門が顔を突き出してきた。

「ところがですね壱岐屋さん。このご時世だからこそ、必ず儲かる商いがあるんですよ」

「な、なんですね……それは？」

「米相場への投機ですよ」

「投機？」

住吉屋藤右衛門の笑みが深くなった。しかし目だけはまったく笑っていない。底光りする眼差しで壱岐屋を凝視している。

「米の値と小判の値は天秤のようなもの。片方が下がればもう片方は必ず上がります。小判の値が下がった今こそ、米の相場で大儲けができますぞ」

「そう言われても……。米相場は専業の仲買人でも時に大損を被るもの。しかも米商いの相場は大坂の堂島（どうじま）米市場で決められるのでしょう。遠く江戸にいるあたしが手を出したって、大坂の商人にかなうものじゃあない」

藤右衛門は苦笑した。

「困ったお人だ。なんでも悪いほうへ、悪いほうへと考えるのですなぁ」

「不運が続けば、誰だって弱気になりますよ」

「よろしい、わかった。それならば良い御方を引き合わせて進ぜましょう。その御方に任せておけば、商いは万事、首尾よく進むこと請け合いです」

壱岐屋はまったく信じていない顔つきだ。

「そう言われましても……」

「どうせ死ぬおつもりだったのでしょう？　だったら手前に騙されたって、たいした損にはならないでしょう。死んだつもりでちょっと付き合っていただけませんか。これで首尾よくいったならば人生丸儲けですよ。さぁ、どうぞこちらに足をお運びを」

上手いこと勧められて、壱岐屋久兵衛はついフラフラと歩みだした。

浅草（あさくさ）御門（ごもん）前の町人地（ちょうにんち）を進んでいく。細い路地に踏み込んだ。この辺りには料理茶屋が多い。夜になると軒行灯や赤提灯に火を入れて営業を開始するが、昼間は表戸を閉ざしている。人の気配も乏しくて、なんとなく不気味に感じる場所であった。

路地から一人の少年が出てきた。真っ白な小袖に紫色の袴を着けている。商家の子供ではないし、武士の風俗とも違う。見慣れぬ格好であった。

少年は住吉屋藤右衛門を認めて朗らかに微笑んだ。藤右衛門は質した。

「手前の顔がそんなに面白いのかね」

少年は答える。

「いいえ。先生が『住吉屋さんが客人を連れてくるからお出迎えせよ』と手前にお命じになったのです。手前は半信半疑でしたが、こうして表に出てくると、先生が仰った通りに住吉屋さんがいらっしゃいました。それでおもわず微笑んでしまったのです」

住吉屋藤右衛門も微笑み返した。大きく頷く。

「いつもながら先生の千里眼はたいしたものだ」

壱岐屋久兵衛は不思議そうに二人を見ている。

「住吉屋さん、その先生という御方は、いったい……？」

住吉屋は振り返って笑った。

「あなたに引き合わせようとしている御方ですよ。知る人ぞ知る易者（占い師）でしてね。人呼んで呑龍（どんりゅう）先生。千里眼の持ち主です」

千里眼とは、千里の彼方の物事を見通す能力——すなわち超能力のことだ。

少年は表戸を大きく開けた。

「どうぞお入りください。先生はどなた様のお悩みにも答えてくださいます」

住吉屋が「頼もしい」と言いながら敷居を跨（また）ぐ。壱岐屋久兵衛もついフラフラと、謎めいた屋敷に踏み込んでしまった。


壱岐屋久兵衛と住吉屋藤右衛門は薄暗い座敷に通された。久兵衛は居心地が悪くてソワソワしている。閉め切りの障子や掛け軸などに不安げな目を向けて落ちつかない。

一方、藤右衛門はゆったりと笑みを浮かべて座っている。奥から足音が近づいてきた。

襖（ふすま）が開けられて一人の男が踏み込んできた。易者の呑龍だろう。五十歳ぐらいの痩せた男だ。月代（さかやき）を剃らない総髪（そうはつ）を後ろに無造作に垂らしている。細いヒゲを鼻と顎の先で伸ばしている。着ている物は白い作務衣だった。

呑龍はジロリと目を剝いて壱岐屋久兵衛を凝視した。そしていきなり言った。

「そこもとの店に、今、坤の方角から災難が持ち込まれようとしておるぞ」

坤とは南西のこと。久兵衛はぎょっとなって問い返した。

「さ、災難……？」

「わしには見える。そこもとを悩ませておるいつもの災難だ。心当たりがあるであろう。さぁ、すぐにお帰りなさい」

藤右衛門も勧める。

「こちらの先生の仰ることには従っておいたほうがいいですよ。急いでお帰りになったがよろしい」

壱岐屋久兵衛は気が弱くなっている。ただでさえ取り乱しやすい精神状態だった。たちまち心を乱しきった。不安で押しつぶされそうになる。

「そ、それでは……」

挨拶もそこそこに座敷を出ようとすると、呑龍が念を押した。

「坤の方角から災難を持ち込む男じゃぞ。くれぐれもお気をつけなされよ」

久兵衛はその家を出ると町駕籠を呼び止めて大急ぎで乗った。

久兵衛はまもなく戻ってきた。顔を紅潮させて息を弾ませている。

「危（あや）うい ところでございました。贋小判が持ち込まれ、銀と換金されるところだったのでございます。手前が戻って鑑定をしなかったら、またしても贋小判を摑まされ、大枚の銀を巻き上げられていたところでございました」

座敷の正面には呑龍が座っている。「うむうむ」ともったいをつけて頷いた。

その横には住吉屋藤右衛門がいる。蕩（とろ）けるような笑みだ。

「よろしゅうございましたなぁ。呑龍先生を壱岐屋さんに紹介した甲斐がありましたよ」

「まことにありがたい……助かりましたよ。つきましてはこれを先生にご笑納いただきたく、参じました」

紫色の袱紗（ふくさ）を差し出す。包みを広げると小判が三枚、入っていた。三両を差し出しても元が取れるのだ。どれほど大金の損失を防ぐことができたのかが窺（うかが）える。

「わしがやっているのは人助け。金銭を求めてのことではない——と言いたいところじゃが、この家の家賃や弟子の暮らしには銭がかかる。頂戴しておこう」

呑龍は小判を手にして懐に入れた。

住吉屋藤右衛門は身を乗り出し、笑顔を壱岐屋久兵衛に近づけた。

「壱岐屋さん、呑龍先生に差し上げた三両は、けっして、無駄な費えにはなりませぬぞ。呑龍先生は千里眼の持ち主。先生のお力をお借りすれば、いかようにも大金を稼ぐことが叶うのです」

「ううむ。しかし……」

壱岐屋も海千山千の商人だ。胡乱な儲け話をもちだされて、警戒する顔つきとなった。

もちろん住吉屋は相手の警戒も織り込み済みである。呑龍に向かって言った。

「先生、隠し芸をひとつ、ご披露いただけませぬか」

「隠し芸じゃと？」

「富籤の番号当てにございますよ」

富籤とは宝くじのこと。神社や寺が修繕費用の獲得を名目にして運営する。

「今日は浅草寺さんで富突きが行われます」

箱の中に番号札を入れてかき混ぜる。上から目隠しをした者が槍で突く。突き刺さった札に書かれている番号が当たり札（当選番号）となる。

藤右衛門は笑顔を久兵衛に向けている。

「そろそろ富突きの刻限。当たり札を呑龍先生に当てていただこう、という趣向でしてな。ここから浅草寺までは半里（約二キロメートル）の距離がある。飛脚を走らせたってすぐには報せは届きません。ですが呑龍先生なら、すぐにも当たり札を知ることができるのです」

「本当ですか」

呑龍が答える。

「わしは遠くの出来事を見ることができるのだ。……もっとも、わしの力は神仏より与えられたもの。余興や遊びに力を使うのは本意ではない」

「そう仰らずにお願いいたしますよ。先生のお力を納得してもらうには、これが一番なのでございますから」

「むぅ。ここで『やらぬ』と答えれば、まるで嘘つきのように見えよう。それは業腹。左様ならばやって進ぜようか」

ちょうど時ノ鐘が聞こえてきた。

「午の刻、富突きの始まる刻限にございますよ」

いまごろ浅草寺の境内では、時ノ鐘とともに槍が突き下ろされ、当選番号が発表されて、籤札を手にした群衆が歓声や悲鳴を上げているはずだ。

当選番号を知りたいならば浅草寺まで足を伸ばして高札を見るか、あるいは明日の瓦版を見るしかない。

それを呑龍は今すぐにこの場で当てて見せるという。

呑龍は顔の前で両手を組んだ。複雑な形に指を絡ませて印を結ぶ。目を閉じて「むんっ」と気合の声を発した。

それから不動明王の真言を唱え始める。延々と唱えた後でカッと両目を見開いた。

「亀じゃ！　亀が見えたぞ」

富札には、亀の何番、鶴の何番、龍の何番、などと頭に霊獣が冠される。呑龍はますます気合を込めて真言を唱えた。

「十二組、八十六番……！」

そう言うと、急にガックリと脱力した。その場に倒れそうになったところを、住吉屋藤右衛門が急いで支えた。

「先生、しっかり！　さぁ、お水を」

茶碗に水を注いで口に含ませる。呑龍は意識を取り戻した。

「……もう大丈夫じゃ。この技は、気力を著しく損なうのでな」

「無理を申しあげて申し訳ございませぬ。ですが、しかと聞き取りましたぞ。亀の十二組、八十六番でございますね」

「いかにも。それが本日の一番籤じゃ」

住吉屋藤右衛門は壱岐屋久兵衛を誘って外に出た。江戸の商業地にはかならず飛脚屋がある。藤右衛門は店の前で客待ちをしていた飛脚に質した。

「あんた、足は速いかね」

「あったりめぇですぜ旦那。この町内じゃオイラが一番の韋駄天だ」

「それじゃあ頼む。浅草寺まで走って、今日の一番籤を見てきてほしい」

「合点承知だ」

飛脚は土煙を上げて走り去った。浅草寺までは往復で一里ある。戻ってくるまで六分はかかった。一分は一日の四百八十分の一の時間で、西洋時計の三分に相当する。

それでも飛脚としては破格の速度だ。額の汗を手で振り払って答えた。

「亀の十二組、八十六番でしたぜ！」

それを聞いて壱岐屋久兵衛が愕然とする。住吉屋藤右衛門は満足そうな笑みを浮かべた。

「ご苦労だったね。祝儀を弾んであげよう」

過分な銭を握らせる。

「ありがてぇ！　御祝儀ってこたぁ、籤が当たったたんですかえ」

「大当たりだよ。さぁ壱岐屋さん、呑龍先生のところに戻りましょう」

二人は座敷に戻り、呑龍の前で折り目正しく正座した。

壱岐屋久兵衛は額に汗を滲ませている。それほどまでに驚いたのだ。

「こんなことがあるなんて、信じられない……」

飛脚と示し合わせて嘘をついているとも考えられたが、信用第一の飛脚屋が悪巧みに与するとは考えられない。

住吉屋藤右衛門はニヤリと笑っている。

「お疑いなら明日の瓦版をご覧になればよろしい」

呑龍は商人二人の顔を見ている。

「その様子じゃと、わしの千里眼は当たったようじゃな」

「もちろんにございます。いつもながらお見事にございました」

「ただの余興じゃ。褒めるには及ばぬ」

藤右衛門はフフフと笑った。

「先生はご自分のお力がいかほど銭を稼ぎ出すかを御存じない。先生、浅草寺の有り様が見える、ということは、大坂の有り様も見えましょうな？」

「大坂じゃと？　ちと遠いが、見えぬことはないぞ。気を集中いたせばどのような遠隔の地でも見える」

「堂島の米会所などはいかがでしょう？」

その言葉に、今度は壱岐屋久兵衛が激しく反応した。

「住吉屋さん、あなたはまさか、呑龍先生のお力で米相場を先読みしようとしているのでは……？」

住吉屋藤右衛門は振り返ってニヤーッと笑った。

「その通りですよ。大坂の堂島米会所で米の相場が決められる。相場の値は三日をかけて飛脚で江戸に届けられ、江戸での米商いの売値となります。つまり、事前に米の相場を知っていれば、米の買い占めや売り払いで大儲けできる、ということですよ」

藤右衛門は笑顔を壱岐屋に近づけさせた。その目はまったく笑っていない。不気味な笑顔だ。

「壱岐屋さん、あなたが商いを立て直そうと思うのならば、この方法しかない。これまでの損を一気に取り戻すのですよ」

壱岐屋久兵衛は激しく身震いをした。

「……手前の店は潰れるしかない……今、金を借りまくって米を買えば……」

「そうですよ壱岐屋さん。商いは勇気。思い切りが肝心ですよ……」

藤右衛門と呑龍の笑顔が目の前で渦を巻いている。そういうふうに壱岐屋には見えた。壱岐屋は息を乱してその場に倒れ込んでしまった。

三

「なんだと、死に神だァ?」

村田銕三郎が顔をしかめた。隠密廻りの役についているので髭面(ひげづら)だ。ますます険しい面相である。

「ええ。それと〃火事の神〃」

答えたのは玉木弥之助である。南町奉行所の同心部屋。見回りに出ていた同心の玉木が町人からの相談を受けて戻ってきた。

「屋根の上で怪しい野郎が黒い旗を振ってた、って言うんです」

「なんだそりゃ」

「妖怪らしいですよ。その町内に住んでる物知りの古老が言うには死に神だって。なんでも唐(から)の怪談では、死人が出る家では屋根の上で小僧が黒い旗を振るのだそうで」

「火事の神ってのは、なんなんだ」

「そっちは赤い旗を振るらしいんで。火事の神が赤い旗を振った家では後日に必ず火の手があがるっていう……そういう唐の怪談なんです」

「迷信だろう。馬鹿馬鹿しい」

「手前もそう思ったのですが、町の者たちが信じ込んじまって、怯(おび)えきってるんですよ。どうしましょう?」

「けしからねぇ話だ。迷信を振りまいてる野郎を叱りつけてやれ。それでも黙らなかったら番屋にしょっ引いてこい」

江戸の町では流言飛語(りゅうげんひご)も立派な犯罪として扱われている。

「はいッ」

玉木は立ち上がった。同心部屋の中を見回して、暇そうにしている同心を探す。

「おい八巻、一緒に来い」

呼ばれた〃八巻〃は幸千代だ。話は耳に届いている。

「町奉行所の同心は妖怪の相手までするのか」

呆れたような顔つきで立ち上がった。


玉木と幸千代、それとお供の銀八は、浅草の三間町までやってきた。町人たちの十人ばかりが番屋の前に集まっている。皆、怯えきって引き攣った表情を浮かべていた。

玉木が腕を振って町人たちを追い散らそうとした。

「なにを集まっておるか！　昼日中だぞ。仕事に戻れ！」

叱られても町人たちは帰ろうとしない。

町役人が前に出てきてお辞儀をした。白髪まじりの初老の男だ。町役人は町人の自治を担当している。裕福で信用のおける人物が町奉行所より任命される。町奉行所に委託された公務に就いている時には、懐に、目立つように手拭いを挟む決まりがあった。

「お役人様がたには御出役ご苦労さまに存じあげます。お手を煩わせることになって面目次第もございませぬ」

玉木は厳めしい顔と態度を取り繕う。

「妖怪騒ぎだそうだな。詳しく申せ」

「昨日の昼過ぎ、あの屋根の上に見慣れぬ男が立ったのでございます」

町役人が指差した先に、大きな商家の高い屋根と物干し台があった。

長屋のおかみの中年女が身を乗り出して訴える。

「あたしゃ、この目で確かに見たんでございますよ！　薄っ気味の悪い男が、赤い旗と黒い旗を振っていたんでございます」

他にもおかみたちが「あたしも見た」「あたしもだ」と玉木に迫ってくる。

玉木は屋根にちょっと目を向けて、馬鹿馬鹿しい、という顔をした。

「黒い布か赤い布かは知らぬが、屋根の上にあるのは物干し台だ。洗濯物を干していたのであろう。なにを驚くことがあろうか」

先頭のおかみが不満そうな顔をした。

「あんな干し方があるもんかい！　あたしゃ子供の時分から洗濯をさせられていたけどね、あんな干し方はないよ！」

町役人もこわごわと口を挟んでくる。

「実は、手前も見たのでございます。確かに腑(ふ)に落ちぬ姿でございました。洗濯の小女(こおんな)や、染め物の職人などではございませぬ」

「死に神だよ！」

「火事の神さ！」

「あたしらはみんな死んじまうんだ！」

おかみたちが泣き喚(わめ)いて手のつけられぬ有り様となった。

「鎮まれ、喚くなと申すに！」

玉木は揉(も)みくちゃにされている。

幸千代は町役人に質した。

「確かに何者かが怪しげな振る舞いに及んでいたようだが、その曲者を死に神や火事の神だと断じた古老がおるそうだな？」

「は、はい。長年この町内で手習いの師匠をしていた者で、身許のしっかりした年寄りです」

「話がしたい。会わせよ」

「ご案内いたします。どうぞこちらへ……」

路地にむかって手のひらを向けた。幸千代と銀八は町役人の後ろについて路地の奥へと踏み込んだ。

「手跡指南の正七郎と申す。商人の相談事にも与っており申す」

白髪頭の老人がそう言った。口調から察するに元は浪人であったようだ。手跡指南とは寺子屋の先生のことである。

「かつての教え子たちが今では棒手振りや引き売りの小商人になっており申してな、帳簿の代筆や借金の相談などで手間賃を稼いで、たつきを得ており申す」

長屋の部屋中に堆く本が積まれている。壁が見えないほどだ。江戸によくいる奇人の一人であろう。銀八は呆れ顔で本の山を見回した。

幸千代は質した。

「町人どもに向かってよからぬ風説を吹き込んだようだな。皆が怯えておるぞ」

すると老人は目を怒らせて反論した。

「よからぬ風説とは聞き捨てなりませぬ！　身共は善かれと思って皆に忠告したまで。根も葉もない雑言などではけっしてござらぬ！」

本の山の中から一冊の本を抜き出した。

「これをご覧あれ！」

ポンと叩くと盛大に埃が舞い上がる。銀八は急いで首を引っ込めた。老人は本を開いて指し示した。漢文で書かれた本だ。屋根の上に立って旗を振る子供の挿絵があった。

「『聊斎志異(りょうさいしい)』にござる。ここに変事を予告する怪異について書いてあり申す」

幸千代はじっと見つめてから、次に老人を見つめた。

「このような話、信じておるのか」

「一顧(いっこ)だにせず否定するのも、いかがかと存ずる」

「本当にこの妖怪が屋根の上に立ったのか」

「拙者も、この目で確かめ申した」

老人は自分の両目を二本の指で示した。次に身振り手振りを始めた。

「こう、赤い旗を二度、右から左へと振り、続いて黒い旗を前後に振っており申したぞ」

さらに続けて言った。

「実を申せば、同じ日、同じ時刻、同じ妖怪が、数町先の町にも出たのでござる。身共のかつての教え子が棒手振りの魚屋になっておるのでござるが、その者が見たと身共に伝えてまいり申した」

「なんと」

「もしもこれが神仙による火事の予告であったならば、なんといたしまする？ 火事は一軒のみに留まらず、無数の町を焼き払う、大火となりましょう！」

老人の顔は真剣そのものだ。町役人と銀八は震え上がっている。


幸千代と銀八は、棒手振りの魚屋が怪異を目撃したという町に向かった。

そこでも長屋のおかみたちが不安そうな顔を寄せて囁きあっていた。銀八が聞き込みを入れて戻ってきた。

「どうやら本当の話のようでげす。おかみさんたちも確かに見たって言ってるでげすよ」

幸千代は考え込む。

「ひとつの町内での話なら、同じ長屋で暮らす者が示し合わせての悪ふざけ、とも考えられるが、しかし、離れた町の町人同士で悪ふざけに興じるとも思えぬ」

「するってぇと……本当にお化けが出たんで？ これから火事と死人が出るっていうんでげすか」

「そうと決めつけるのはまだ早い。銀八、もしやすると他の町にも怪異が出現しておるかもしれぬ。江戸中の町を隈なく当たれ」

「へえっ」

思わず変な声が出てしまった。江戸は俗称で八百八町。実際にはその二倍、千六百もの町があった。隈なく当たる手間を考えただけで気が遠くなる。

「なにをしておるかッ、ゆけッ」

怒鳴りつけられて銀八は「へいっ」と答えて駆け出した。

こういう調べをつけるには人の数がいる。銀八は荒海一家の応援を頼むことにした。

荒海ノ三右衛門は、自分の子分だけでなく、よその一家にも回状を出して助けを頼んだ。その日の午後には調べをつけてしまったのだ。

御成橋の近くの大番屋に集まる。床の板敷きに大きな地図が広げられた。幸千代が筆を取り、地図に×印を書き込んでいく。

「わしが聞き込んだところでは、こことここに旗振り男が出たらしい」

銀八と荒海一家を聞き込みに走らせるだけでなく、幸千代自身も江戸中を走り回って調べたのだ。働き者である。というより、じっと待っていられない性格なのだろう。

荒海ノ三右衛門も地図の上を指で示した。

「あっしの子分どもが聞き込んできた話だと、東仲町（ひがしなかちょう）と森田町（もりたちょう）に出やがったようですぜ」

幸千代が「うむ」と頷いて地図に筆を入れた。地図の広い範囲に×印がついた。

三右衛門は顔をしかめる。

「なんてこった。本当に火が出たら、とんでもねぇ大火事になりやすぜ！　浅草一帯が丸焼けだ」

「まだそうと決まったわけではない」

そう答えた幸千代の背後から銀八が覗き込んで言う。

「なんだか、一本の線で繋（つな）がるみたいでげすよ？」

×印が一本の線のように連なって見えたのだ。幸千代は筆に墨をつけると×印の上にビューッと線を引いた。

その線の先には大きな寺があった。三右衛門が目を剝いた。

「浅草寺さんですぜ」

銀八はますます首を傾げた。

「浅草寺さんにいったいなにが……。化け物騒動と浅草寺さんに、なにか関わりがあるっていうんでげすかね？」

幸千代は筆を置いた。

「それは、調べてみねばなんとも言えぬな。浅草寺に行くぞ」

そう言うやいなや身を翻して外に向かう。壁の刀掛けの刀を摑み取った。番太郎が急いで障子戸を開けた。幸千代は悠然と敷居を踏み越えた。

銀八が呟く。

「惚れ惚れするような男っぷりでげす。……あれが本当の若旦那であったなら、どんなにか心強いことでげしょう」

「なにを抜かしていやがる！　本物の旦那のほうが数倍上等な男っぷりだぜ！」

三右衛門は本気でそう感じているらしい。ともあれ二人は急いで幸千代の後を追った。

＊

筆頭老中の本多出雲守が書院御殿に踏み込んできた。この御殿では今、卯之吉が暮らしている。

御殿でもっとも広くて豪華な広間――書院ノ間に踏み込むなり、

「な、なんじゃこの有り様は！」

と、出雲守が叫んだ。

広い広間に毛氈が敷かれ、辺り一面が水浸しになっている。真ん中にドッカリと置かれているのは水を入れた盥だ。その回りに蘭学者の三人と弟子の若い学生たち、そしてさらには卯之吉が座っている。

「座敷の中で水遊びなど――」

いたすな！　と、怒鳴りつけようとして出雲守は慌てて言葉を飲みこんだ。ここでの卯之吉は幸千代だということになっている。怒鳴りつけたら替え玉だと露顕してしまう。

蘭学者や学生が見ている。出雲守はその場に正座して背筋を伸ばした。

「水遊びなどなされてはなりませぬぞ、若君！　これでは下々に対し、示しがつきませぬ！」

若君に対する諫言を取り繕った。

「いったいこの騒ぎはいかなる子細があってのことにございましょうや！」

卯之吉がヒョイと首を伸ばした。前に座る蘭学者の肩ごしに出雲守に笑顔を向けた。

「ああ、出雲守様、ちょうど良いところにおいでになりました。本物の小判と贋小判を見分ける方法がみつかりましたよ」

「なにッ」

出雲守は目を剝いた。

「それはまことか！……まことにございましょうや！」

「嘘なんかつきませんよ。まぁ、こちらに寄って、とくとご覧なさい」

同心の、老中に対する口の利き方ではない。出雲守はムッとしたが、しかし、卯之吉の浮世離れした言動のお陰で替え玉だと露顕せずにすんでいる。痛し痒(かゆ)しだ。

出雲守は卯之吉の横にズカズカと進んで、「御免！」と腰を下ろした。

「して若君様、見分けの方法とは如何(いか)に」

卯之吉は傍らの天秤を指差した。物の重さを量るために使う器具だ。両方の秤皿(はかりざら)に小判が五枚ずつ、載せられていた。

「左側の五枚が本物の小判。右側の五枚が贋小判です。どうです、釣り合いがとれていますよね?」

　左右の秤皿をぶら下げた天秤棒が水平になっている。重さが均等であることを示していた。

「重さまで揃えてあるんですから、本当に精巧に作られた贋物ですよ。江戸中の商人の皆さんが困惑するのも当然です」

「重さで判別しようとしても、それは叶わぬ、ということだな——ですな」

「では、次に、嵩(かさ)(体積)を調べてみましょう」

　蘭学者たちが五合升を用意する。縁のいっぱいまで水がたっぷりと注ぎ込まれた。卯之吉は天秤の上の、本物の小判を摑み取る。

「見ていてください。この升の中に静かに小判を入れます。すると……」

　升の縁から水が溢れた。縁には溝が刻まれていて、水は溝を伝って静かに流れ落ちていく。蘭学者の一人がガラスの筒を手にして待ち構える。溢れた水はガラス筒の中にすべて納められた。

　筒は文机(ふづくえ)の上に置かれる。

「これが本物の小判、五枚分の嵩です。では、同じように贋小判でやってみましょう」

贋小判五枚分の水が升から溢れてガラスの筒に納められた。二本の筒が並べられる。出雲守の目が鋭くなった。

「嵩が違いますな」

「小判は金と銀の混ぜ物でできています。金の嵩を減らして銀の嵩を増やして、同じ重さの贋小判を作っている。余った金の分が悪党の儲けとなるわけですね」

「なるほど、嵩を量る方法であれば、わずかな時間で真贋（しんがん）を見極めることが叶いましょうぞ！」

本物の小判の体積がこれだ、という印をつけた升を用意すればいい。家にある升や茶碗に印をつければいいだけだから、商人たちはすぐに計測器を用意できる。

「でかしたぞ！……いや、お見事にござる若君！」

出雲守は勇躍（ゆうやく）立ち上がると、足早に出ていった。

「あの～、出雲守様？　もうひとつ、やりたい実験があるのですがね。そのお許しをいただけないものかと……ああ、行っちゃいましたねぇ。本当にせっかちなお人だ。困ったものだねぇ」

卯之吉はほんのりと笑っている。

四

小判の鑑定方法は江戸中の両替商に伝えられた。それからが大変である。

三国屋の金蔵の扉が解錠されていく。何棟も建ち並ぶ蔵の扉が一斉に開放され、しまわれてあった千両箱が次々と運び出された。

板敷きの広間には卯之吉と蘭学者が考案した計測器がいくつも置かれている。店の番頭、手代、小僧（丁稚）たちが総出で立ち働き、五合升に水がたっぷり注ぎ込まれ、さらには小判が投じられた。溢れた水はお椀に溜まる。お椀には水平の線が刻まれている。本物の小判であればこの線の位置ぴったりに水が収まるはずだ。

主の徳右衛門が指揮している。

「慌てずに、だけど急いでしっかりと見極めるんだよ！　見逃しがあってはならないからね！」

「真正の小判です！」

「こちらもすべて本物です！」

本物の小判は水から引き上げられ、布で拭かれて千両箱に戻される。

「贋小判でございます！」

小僧の一人が叫んだ。徳右衛門の顔が忌ま忌ましげに歪んだ。

「あたしの金蔵にまで紛れ込んでいたのかい！　ええい、憎らしい」

親の敵でも見つけたかのようだ。鬼の形相である。

手代の喜七が贋小判だけを盆に載せてやってきた。

「旦那様、今のところはこれだけ見つかりましてございます」

徳右衛門は贋小判を鷲摑みにすると、歯でガリガリと嚙んだ。憎くて憎くてたまらない、という顔つきだ。

「旦那様、そのようなことをなさっては歯に悪ぅございます……」

喜七はオロオロするばかりだ。

＊

その頃、同心八巻に扮した幸千代は、黒巻羽織姿で浅草寺へと向かっていた。腰には朱房の十手を差している。銀八と三右衛門を従えた姿は堂々たるもの、江戸一番の切れ者と名高い同心八巻に相応しい姿であった。

銀八は恐々と四方の屋根に目を向けている。

「この辺りの屋根にも、旗振り妖怪が出やがったんでげすかね……？」

三右衛門はいつものように憤慨している。

「いってぇどこの馬鹿野郎がそんな悪ふざけをしやがったんだ！　世間に無用な騒ぎを起こしやがって、けしからねぇ奴らだ」

幸千代も首を傾げている。

「悪ふざけであったとして、なにゆえにそのような悪戯（いたずら）を仕掛けたのか。一人や二人ではないのだぞ」

「それを明らかにするのが同心様じゃねぇか！　しっかりしろぃ」

相手が将軍の弟であっても三右衛門は口が悪い。幸千代はムッとした様子であったが、あえて何も言わずに足を急がせた。

浅草寺の雷門をくぐろうとすると、寺男がサッと近づいてきた。

「お待ちくだせェ。町方のお役人様と拝察いたしやしたが――」

黒巻羽織姿で十手を差しているのであるから一目瞭然であったはずだ。寺男は続ける。

「ご参拝でごぜぇやすか」

幸千代は答えた。

「詮議の筋があってまいった」

「なんですって！」

寺男の顔色が変わる。

「寺の掛かりは寺社奉行所。町奉行所は支配違いだ。町方のお役人様をお通しすることはできやせんぜ」

縦割り行政の弊害だ。江戸時代でも面倒な問題なのである。

「寺の詮議に参ったのではない。訊きたいことがある」

「なんでございましょう」

「昨日の午頃、この辺りで赤い旗と黒い旗を振った者がいなかったか」

するとと寺男の顔つきがまたしても変わった。

「ああ！」

「見たのか」

「へい。あの男をお訊ねで？」

「お前の知人か」

「いいえ、あっしらも知らねぇ男でございやす。見たことのねえ面でした。ですがね、確かにお寺の境内で旗を振り回しやがったんで。あっしらが咎めると、睨み返して出ていきやしたぜ」

「どんな男だったか」

「二十歳そこそこの薄っ気味悪い男で……お侍だと思いやすね。百姓や町人の風体じゃなかったですぜ」

着ている物や髷の形、立ち姿や歩き方で、おおよその社会階層がわかる。

「人相を思い出せようか」

幸千代が問い、銀八は腰から下げていた帳面を開いて、矢立（携帯式の筆箱で墨壺も付属している）の筆を取った。

寺男が答える。

「あっし一人じゃ心許ねぇんで、そいつの面を見た野郎を集めてめぇりやすぜ」

「そんなに大勢が見たのか」

「そりゃあもう。その時はちょうど富突きをしておりやしたから。大勢の見物人が集まっておりやしたし、そいつらを捌くために門前町の男衆も駆り出されておりやしたぜ」

「富突きをしていただと？」

幸千代は訝しげな表情を浮かべた。銀八が幸千代に問う。

「富突きと旗振りとに、なにかの関わりがあるんでげすかね？」

幸千代は羽織の袖の中で腕を組んだ。三右衛門が銀八の袖を引っ張った。

「若君の勘働きじゃあ頼りねぇ。こいつぁ旦那のお耳に入れたほうがいいぜ」

そう言われても卯之吉は老中の下屋敷の御殿の中だ。すぐに報せに行くことは難しい。

＊

夜。本多家下屋敷にいくつもの篝火が焚かれていた。白砂の撒かれた庭が明るく照らしだされている。鼓を打つ音が聞こえた。

幸千代の許嫁、真琴姫が静々と廊下を渡ってくる。警固のために女武芸者の美鈴と別式女の楓が従っていた。

真琴姫の表情は冴えない。憂悶に沈んで見える。ふと、足を止めると振り返って美鈴に質した。

「今宵の宴、若君様もご臨席なさるのか」

美鈴は（困ったことを訊かれてしまった）と内心で思いながら頷いた。

「ご臨席あそばしまする」

真琴姫の眉根がキュッと寄る。

「その若君様は、真の殿か。それとも替え玉か」

美鈴はますます困ってしまう。だが嘘はつけない。

「替え玉でございます」

真琴姫の表情が怒りで歪む。

「皆は、よってたかって妾を愚弄いたすのか！　なにゆえ替え玉と席を並べて宴に臨まねばならぬのじゃ！」

そして急に悲しげな顔となった。

「我が殿は……妾をお見捨てになったのか。それほどまでに妾のことがお嫌いなのであろうか」

美鈴には答えようもない。代わりに楓が言った。

「天下の安寧のため。将軍家の弥栄のためにございます。なにとぞご辛抱を」

真琴姫は唇を嚙みしめて身を震わせるばかりだ。

庭には能舞台が造られ、能役者が朗々と謡いを披露している。卯之吉は正面の席に座って微笑しながら観劇していた。

そこへ本多家の家来がやってきた。卯之吉の後ろに拝跪して耳打ちする。

「銀八が参っておりまするが……」

銀八が来た時には即座に報せるようにと言いつけてある。

「おや、そうなのかい。こんな夜中にいったいなにがあったんだろうね」

卯之吉は立ち上がった。

途端に能の舞台が止まった。能役者たちは謡いと舞いをやめてその場に平伏する。地謡と囃子方も演奏をピタリとやめた。

卯之吉は笑顔で手を振った。

「あたしのことは気になさらず、どうぞ続けておくんなさいな」

そう言われても、主賓が退座したらその場で演奏を止めるのが慣わしだ。主賓が戻ってきたら、最初から演目をやり直す。そういう作法になっている。

卯之吉はそそくさと退座して、離れの座敷に向かった。

裏庭で銀八が待っていた。

「ああ若旦那！　お呼び立てして申しわけもねぇでげす。ちょっとばかし面倒なことになってるんでげす」

「面倒なこと？」

庭木の枝がガサッと揺れた。着流し姿の幸千代が現われた。例の抜け穴を通って入ってきたのであろう。

「お前を呼んだのはわしだ。わしの口から言おう。江戸の町中で奇ッ怪な出来事が起こっておる。なおざりにしてはおけぬ——と、わしの直感が告げておるのだ。だが、わしの見識ではこの謎を解くことができぬ」

銀八が続ける。

「そういう次第でしてね、若旦那に謎を解け、と、若君様はお命じなのでございますよ」

「ほうほう」

卯之吉は興味を惹かれた顔つきだ。

「そういうお話でしたら同心サマの御身分に戻ってもかまいませんけれどねぇ。だけど、こちらのお屋敷の若君様役は、どなたがお務めになるのですかね？」

「わしが務めよう」

幸千代が答えた。銀八は（なんだかおかしな会話になっているなぁ）と思ったけれども口には出さなかった。

「それじゃあお着物を交換しましょう」

二人は着物を脱ぎ始めた。

若君様が中座したまま戻らない。宴はなにやらざわついている。能役者や囃子方も困りきった様子であった。

正面の席に真琴姫は座っている。唇をきつく結んで俯いていた。隣の席——許嫁の幸千代が座る席——は空っぽだ。今の真琴姫が置かれた立場を暗示しているように思われる。見守る美鈴もいたたまれない表情だった。

そこへズカズカと幸千代が廊下を渡って戻ってきた。その場の全員が一斉に平伏した。幸千代は席に座る。

「始めよ」

そう命じた。能の演目が最初に戻って演じ直される。ワキ（脇役）の能役者が朗々と謡いながら登場してきた。

幸千代は舞台にまっすぐ顔を向けている。篝火の炎に照らされている。その横顔を見て真琴姫がハッとなった。

「幸千代様……！」

幸千代もゆっくりと目を向けた。許嫁と目が合うとわずかに顎を引いて頷き返した。

　許嫁同士で見つめ合う。真琴姫は息をするのも忘れた様子だ。二人の間に交わす言葉はない。謡いと囃子の音だけが二人を包み込んでいた。

　美鈴はその様子を見つめている。いつもはひたすら険しい形相の幸千代が、ほんのりと笑みを浮かべているようにも見えた。

　美鈴は胸を突かれた。

（お二人は、互いに慕いあっている……）

　どういう理由（わけ）があってのことかはわからないが、幸千代はおのれの恋情を隠している。それでも美鈴にはわかった。幸千代は真琴姫を愛している。

　今宵（こよい）、愛し合う二人の再会が成った。喜ぶべきことだ。

（だけど……）

　幸千代が戻ってきたことで、卯之吉はどこかへ行ってしまった。

　同じ屋敷で暮らしているとはいえ、顔を合わせて話をすることはできない。それが今の美鈴と卯之吉だ。

　それでも同じ屋敷の中にいる、という事実が美鈴の心の支えになっていた。

真琴姫は幸せかもしれない。だがそのぶん自分は不幸せだ。美鈴の心は激しく乱れた。

＊

江戸のごく一部分で怪異の噂が人心を惑わせていたけれども、案じられた火事も起こらず、その夜もいたって平穏で、深川の門前町は華やかな明かりと音曲（おんぎょく）によって彩られていた。

通りに立った卯之吉は大変に満足そうな様子で町を眺めている。

「ああ心地よいねぇ。能舞台も良いけれど、あたしには深川の賑わいのほうが性に合う。さぁ今宵も派手にやろう。銀八、源（げん）さんに使いを出してくれたかい」

本多屋敷から抜けだしたのを良いことに、宴会を開こうという魂胆なのだ。銀八はさすがに呆れている。

「源之丞（げんのじょう）様なら、梅本（うめもと）家のお屋敷に使いを出さなくても、この深川のどこかで飲んだくれているに違ぇねぇです」

「なるほど。捜す手間が省（はぶ）けて良いね」

「あのう、若旦那。若君様から言いつけられた謎解きのほうをですね……、まずはやっつけてくれやせんか。あっしの話も聞いてくだせぇ」

「そんなのはいつでも聞けるさ。焦らなくてもお前は逃げていかないからね」

「深川だって逃げていきゃあしねぇでげすよ」

卯之吉はまったく聞いていない。馴染みの料理茶屋に足を向けた。

「さぁて、今夜も楽しくやりましょう！」

卯之吉は浮き立つ心を抑えきれずに、早くも踊りだしそうな気配を見せている。源之丞も、やっぱり呆れ顔だ。

「お前さんがここに来てるってことは、本物の若様が御殿に戻ってるってことかい」

卯之吉は芸者たちが調子よく伴奏する中、優美に舞い踊り始めた。

菊野が源之丞に酌をする。

「江戸ではいろいろと気の塞ぐことが起こっているけれど……卯之さんだけはいつもと同じ……。卯之さんを見ているとホッとするねぇ」

「確かにな。あいつはいつでも太平楽（たいへいらく）だ。こんなご時世だと、かえって珍重（ちんちょう）かもしれねぇなあ」

などと言い合っていたところへ若い遊び人たちが三人ばかり、踏み込んできた。

「おう、いたいた。やっぱり卯之だ」

卯之吉を見るなりそう言った。

江戸で有名な呉服商、山城屋の放蕩息子で門太郎という。

卯之吉は踊りの途中のクネッとした姿で「おや、お久しい」と言った。

源之丞は苦々しげな顔で門太郎を睨みつけた。

「性懲りもねぇ野郎だ。また卯之さんに突っかかってこようってのか」

遊び人同士の意地の張り合い、威勢の見せつけあいで、卯之吉に何度も挑みかかってきた。しかし数寄者（芸術家）としても、金遣いの面でも太刀打ちできずに悔しい思いをさせられて、それでも諦めが悪く何度も卯之吉に勝負を挑んでくるのだ。

門太郎は赤い顔をしている。かなり酔っているようだ。門太郎と取り巻きたちの評判はあまりよろしくない。綺麗に遊ぶことができず、酒宴などでは必ず喧嘩口論を起こした。遊里にとっては厄介な客なのだ。

門太郎たちはドッカリと座った。菊野が窘める。

「なんですかね山城屋の若旦那。呼ばれてもいないのにお座敷に押しかけてきなさるとは。ここはわっちが預かる座敷。いくら若旦那でも勝手な振る舞いはお控えいただきますよ」

深川芸者は意地の張りと威勢の良さが信条だ。時には客を叱り飛ばすこともある。深川一の売れっ子芸者なら尚更だ。

門太郎は悪びれた様子もない。

「喧嘩を吹っ掛けにきたわけじゃねぇよ。新しい遊びを思いついたもんでね、卯之にも一緒に遊んでもらおうと思い立ったのさ」

卯之吉がちょこんと座った。

「それはどんな遊びかね」

遊びと聞けばたちまち目の色が変わる。興味津々だ。

門太郎は人が悪そうにニヤリと笑った。

「賽の目を当てようってぇ賭け事だ」

「それだけ？」

「それだけじゃあ面白くもなんともねぇ。賽を振るのは道を挟んだ向かいの店だ。ここの座敷からはなにも見えねぇ。そうだろう？」

「そうだろうねぇ」

「その賽の目を、オイラがここから当てようってのさ。見事当たったらオイラの勝ち。賭け金は頂戴するぜ。外れたら賭け金は卯之にくれてやらあ」

門太郎は鼻息も荒く、得意げな様子で言い放った。

源之丞が口を挟む。

「賽の目は六つだ。そのうちのひとつをお前ぇが当てなくちゃならねぇわけか？一対五でお前ぇのほうが分が悪いぜ」

「賽子ひとつなんてケチ臭いことは言わねぇよ。ふたつでもみっつでも振ろうじゃねぇか。全部の賽の目を当ててやらあ。ひとつでも外れたら賭け金をくれてやるぜ」

取り巻きたちが「さぁ、どうする、どうする」と囃し立てた。

卯之吉はもとより遊びを厭うものではない。よしやろう、ということになって、不思議な賭け事が始まった。

五

門太郎とその取り巻きたち、卯之吉、源之丞、銀八、菊野は、向かいの店に向かった。中庭を囲んで座敷が並んでいる。いちばん奥の座敷に丼がひとつ置かれていた。

「この丼に賽子を投げる。チンチロリンってな。出た目をあっちの座敷でオイラが当てる」

源之丞が疑わしげな目つきで門太郎に質した。

「賽は誰が投げるんだ」

「誰でもいいぜ。なんなら銀八、お前ぇがやりなよ。賽に仕掛けがあると疑ってるなら、お前が持ってる賽を使えばいいぜ」

銀八は腰の袋に様々な物を入れて持ち歩いている。賽子も当然にあった。賽子を使う遊びは多い。遊び人のお供なら誰でも携帯しているものだ。

「いくでげすよ」

銀八は賽子を丼に投げた。チンチロリンと音がして目が出る。源之丞は覗き込んだ。

「一、四、五だな」

門太郎が言う。

「銀八が投げて、出た目を銀八が書き留めて、あっちの座敷に伝えに行く。銀八の報せが届くより前に、オイラが目を当てている、ってぇ寸法さ」

「面白い。やってみようぜ」

源之丞が言った。

門太郎と源之丞、卯之吉と菊野は元の座敷に戻る。門太郎は障子窓を開けて向かい側の店を見た。

「あっちに奥座敷がある。遠眼鏡を使ったってここからじゃ見えねぇ。さぁて、始めようぜ」

源之丞が問う。

「始める合図はどうするんだ」

「そんなものは、いらねぇ。俺には賽を投げる銀八の姿が見えるんだ。もちろん賽の目もだぜ？」

門太郎は不敵に言い放ってせせら笑った。

「それじゃあ賭けようぜ。オイラは二両を賭ける」

懐から紙入れ（財布）を取り出すと、小判の二枚を三方に載せた。卯之吉はニッコリしながら頷いた。

「あたしは門太郎さんが当てられないほうに二両を賭ければよろしいのですね」

無造作に小判を取り出すと、同じ三方に載せた。

小判の四枚を見て、門太郎の取り巻きたちの目の色が変わる。卯之吉にとっては四両など〝端金〟だが、遊び人たちにとっては大金だ。

門太郎は窓に向かって指を組んで印を結び、なにやら真言らしきものを唱え始めた。

「オン、マリシテイソワカ！　八百万の神々よ、我に心眼を与えたまえ〜」

源之丞は呆れ顔になった。隣に座る卯之吉に囁く。

「門太郎の奴、神主にでもなったつもりか」

普段の門太郎の素行を知っている者ならば、誰でも呆れてしまうだろう。

「まぁ、見ていましょう」

卯之吉は優美な笑みを浮かべて見守っている。こういう悪ふざけは大好きなのだ。

「むむっ、見えた！　見えたぞッ。筆と半紙をこれへ持て！」

物々しい口調で命じる。取り巻きの一人が文机を運んだ。紙と硯、筆が用意される。門太郎は筆を取ると、一気呵成に筆を走らせた。

「最初の賽は六！　ふたつ目は二！　三つ目も二だ！」

六、二、二と墨書(ぼくしょ)された紙を手にして、卯之吉と源之丞に向けた。
間もなくして銀八が隣の店から走り出てきた。こちらの店に入って階段を上がってくる。

「お待たせしたでげす。こちらが出た目でげす」

出た目を記した紙を広げて見せた。源之丞が「ムッ」と唸った。

その紙には、六、二、二、と確かに書かれてあったのである。

銀八は恐る恐る質した。

「どうでげす？　門太郎旦那は当たったでげすか」

源之丞は袖の中で腕を組み、渋い表情で頷いた。

「大当たりだぜ」

門太郎と取り巻きたちは大はしゃぎだ。門太郎は小判の四枚を手に取って扇のように広げた。

「どうだい卯之！　ぐうの音も出ねぇだろう！」

卯之吉は微笑みを浮かべている。

源之丞は銀八に確かめる。

「確かに、お前ぇが持っていた賽を、お前ぇ自身の手で投げたんだな？」

「へい。間違いなく」

門太郎は得意になってけしかけてくる。

「どうだい卯之、まだ勝負を続けるか、それともオイラに降参するかよ」

卯之吉はニッコリと笑った。

「続けましょう。もう一勝負です」

「そうこなくっちゃな！　ようし、この四両をぜんぶ賭けたぜ！　どうだ、この勝負、受けるか」

「受けましょう」

小判が四枚ずつ、合わせて八両が三方のうえに載せられた。銀八は向かいの奥座敷に戻る。

「俺も行って見てくるぜ」

そう言って、源之丞も立ち上がり、出ていった。

「そろそろ銀八たちが向こうの座敷に着いた頃合いだな」

しばらく待ってから、門太郎がやおら座り直して印を結ぼうとした。それを見ていた卯之吉が笑顔で首を傾げた。

「頃合いって、なんなんですかね。賽の目は見えるのに、銀八たちが座敷についたかどうかは見えないんですかね？」

門太郎は虚を衝かれた顔をした。動揺を隠せない。

「う、うるせぇな。気が散るじゃねぇか。黙って見てろ」

開け放たれた窓に向かって座り直して、印を結んで怪しげな真言を唱え始めた。

「うむッ、見えた。見えたぞ。今度は四、一、五だ！」

取り巻きの一人が書き留める。しばらくすると銀八と源之丞が戻ってきた。銀八が賽の目を記した紙を広げた。四、一、五と書かれてあった。

門太郎は、どうだ！　という顔をした。

「今度も俺の勝ちだぜ！」

三方の小判を摑み取る。両手に持ちきれないほどの小判だ。門太郎は下品な声をあげて笑った。取り巻きたちも大喜びだ。

戻ってきた源之丞が卯之吉に向かって言う。

「イカサマはまったくしていねぇ。丼はあっちの店の台所から持ってこさせた。賽子は銀八の持ち物だ。賽を振ったのは俺だぜ」

卯之吉はほんのりと笑顔で考え込んでいる。一方の門太郎は、手にしていた小判をジャラッと三方に戻した。

「どうでぃ卯之！　次の勝負を受けるか。それとも降参かよ」

「八両ですね。もちろん受けますよ。ちょっと源さん」

卯之吉は源之丞の耳元でなにやら囁いた。源之丞が頷き返す。

「任せろ」

「おい、なにをコソコソとやってるんだよ」

門太郎が文句を言う。卯之吉は笑顔で座り直して懐から紙入れを取り出した。

小判の八枚を三方に載せる。二枚、四枚と合わせて十四両だ。こんな大金を持ち歩いているとは恐ろしい。軽薄な取り巻きたちもゴクリと生唾を飲んでいる。

三方のうえに十六枚の小判が積まれた。卯之吉は銀八に顔を向けた。

「それじゃあ銀八、頼んだよ」

賽子を振ってくるようにと言いつける。言われた銀八は完全に動揺しきっている。とんでもない遊びだ。

「若旦那、およしになったほうがいいでげすよ」

「いいや。ここで引き下がったら、遊び人としてのあたしの面目に傷がつくよ」

「遊び人の面目……そんなものは最初から立っていねぇほうがいいんでげすよ」

卯之吉の価値観はよくわからない。銀八は菊野に顔を向けた。

「姐さんからも、とめてやっておくんなせぇ」

ところが菊野も笑みを浮かべている。

「これが卯之さんの勝負。女のあたしにとめられるもんじゃあござんせんよ」

「ああ、どうなってしまうんでげすか」

銀八と源之丞は座敷を出た。門太郎は笑いが止まらない状態だ。「ウヒヒッ」と猿のような声を上げている。菊野が冷やかな目でそれを見ていた。

「さぁて、そろそろだな」

門太郎は例によって、開け放たれた窓に向かって座り直して指を組み、真言を唱えた。

「見えたぞうッ。我が透視術は冴え渡っておる！　賽の目は六、二、二だ！」

取り巻きが書き留めた。そして銀八が戻ってきた。門太郎はまたしても賽の目を言い当てていた。

「やったぜ！　十六両だ！」

門太郎と取り巻きは踊り出さんばかりのはしゃぎようだ。門太郎が菊野に言う。

「今夜は大宴会だ。姐さんも俺の座敷に来てくれ。見てのとおりだ、金の心配はいらねぇぞ！」

菊野は（とんでもない、嫌なことですよ）という顔だ。

卯之吉は相変わらず優美な笑みを浮かべて座っている。

「まだ勝負は終わっていませんよ」

「なんだと？」

門太郎が目を剝いた。

「今度は十六両を賭けようってのか！」

「そうです。あたしはまだまだやりますよ。それとも……門太郎さんは続けるのが恐くなりましたか。降参なさいます？」

「馬鹿ァ抜かしやがれッ」

門太郎はドッカリと座った。

「だがよう、手前ぇはそんな大金を持っていやがるのかッ」

次に三方に載せられるのは三十二両。そのうちの二両だけは門太郎が出した小判だが、三十両は卯之吉の懐から出たのだ。いくらなんでもそんな大金を持ち歩いてはいないだろう。

ところが卯之吉は涼しい顔で紙入れを開いた。そして一枚の紙を取り出して三方に載せた。門太郎たちが顔を寄せてくる。

「なんだよ、これは」

「額面百石の米切手ですよ。その切手を両国のお蔵屋敷に持ち込めば、一枚で百石の米と取り替えてもらえます」

「ひゃ、百石だとォ？」

門太郎は目を白黒とさせた。

通常の米切手は一枚で十石の額面である。十石の米切手ならば、米屋や酒屋などでも所持している。しかし百石の米切手となれば話は別だ。よほどの豪商の間でしか扱われない。

「米一石の値は一両だ。お上がそう定めてる……ってこたぁ、この紙切れ一枚で百両の値打ちってことかよ！」

武士たちは米で給与を払われている。米は貨幣としての価値がある。

取り巻きの一人が口を挟んだ。

「贋小判のせいで小判の値が下がってる。近頃の相場だと、米の一石は一両二朱だ」

二朱金は八分の一両である。卯之吉は涼しい顔で頷いた。

「百石の米切手には、ただいまの米相場では百十二両と二分の値打ちがある、ということですねぇ」

門太郎と取り巻きたちは米切手を見て、ゴクリと唾を飲んだ。卯之吉は、のほほんと構えている。

「どうです、これで賭けを受けさせてもらえませんかね」

「こっちは十六両しか手持ちがねぇぞ」

「いいですよ。そちらが勝ったら元手の十六両と米切手を差し上げます。あたしが勝ったら十六両しかいただきません」

「ようし、受けたぜ！」

門太郎は青い顔で身震いをした。

「銀八、続きだッ、行けッ」

門太郎が銀八を怒鳴りつけた。

銀八が向かいの店に向かう。門太郎は冷や汗を浮かべているし、はしゃいでいた取り巻きたちも静まり返っている。座敷に侍る芸者衆も、緊張しきった顔つきだ。

卯之吉だけが薄笑いを浮かべている。菊野は（卯之さんの、なんと頼もしいこと）という顔で見守っていた。

門太郎は身震いしながら窓に向かって印を結んだ。真言を唱えたが、緊張で声が裏返る。口の中が渇いているらしく何度も噎せた。

「……よし、見えたぞ！　賽の目は、一、二、一だ！」

銀八が戻ってくる。手にした半紙を広げた。皆が固唾をのんで見守る。そして門太郎が絶叫して立ち上がった。

「五、四、六だとッ！　嘘をつくなッ。銀八ッ、手前ぇは卯之を守ろうとして、俺たちを騙すつもりだなッ」

襟首を摑む。銀八は慌てて答える。

「嘘なんてついてねぇでげすッ。向こうの座敷で立ち会っているお友達にも、確かめてやっておくんなせぇ！」

賽子を振る座敷にも門太郎の取り巻きがいるのだ。

そのとき座敷に源之丞が踏み込んできた。

「銀八は嘘をついちゃいねぇよ。嘘をついたのはコイツさ！」

片手に一人の遊び人の襟首を摑んでいた。源之丞は怪力の持ち主である。遊び人は振り払って逃げることができない。

「すまねぇ門太郎兄貴、源之丞に見られちまった……！」

遊び人が泣いて詫びる。

源之丞は遊び人の懐を探って、赤と黒に染められた布を掴み出した。卯之吉に向かって突き出した。

「卯之さんの言った通りだったぜ。この野郎め、賽の目を盗み見て布を振り回していやがったんだ！」

卯之吉は満足の笑みを浮かべて頷いた。

「やはりそうでしたか。異国の船では小旗を振ることで、声の届かぬ遠くの船や港とのやりとりをすると聞いています。……透視をする時に門太郎さんが必ず、開け放たれた窓のほうを向いて座るのでね、何かの合図を見ているのだろうと当たりをつけたってわけです」

源之丞が胸を張る。

「合図を送っている野郎を見つけ出し、間違った合図を送るようにと、頼むのが俺の役目だったのよ」

卯之吉は薄笑いを浮かべた。

「頼むですって？　脅したんじゃござんせんかね」

「強い口調で頼んだのだ！　さぁどうする門太郎！　千里眼のタネはバレちまったぜ」

門太郎は「ぐぬぬ」と唸っている。取り巻きたちはうろたえるばかりだ。

卯之吉はいつの間にか火を点けた煙管を咥えている。

「悪戯で騙し騙されるのも放蕩者の遊びです。だけど、タネを明かされちまったら勝負ありです。それがあたしたちの流儀ですよ」

銀八が三方を持ちあげて卯之吉の膝の前に運んだ。門太郎と取り巻きたちが悔しそうに、三方を目で追った。

菊野が言う。

「この勝負、あたしと座敷の芸者衆が見届けましたよ」

源之丞が続ける。

「勝負に負けたら綺麗に負けを認めるのが遊び人だ。それが江戸の粋だぜ。負け惜しみなんかしていやがると、手前ぇたち、二度と深川で遊べなくなるぜ」

「わ、わかってらぁ！」

門太郎と取り巻きたちは立ち上がった。

「やい卯之ッ、今回ばかりはお前ぇの勝ちだ！」

銀八が首を傾げる。

「今回ばかりは？　今回も、じゃねぇですかねぇ」

門太郎は何度も卯之吉に突っかかってきては、そのたびに恥をかかされている。

「うるせぇッ」

門太郎は顔を真っ赤にして出ていった。

源之丞はフンッと笑った。

「懲りない野郎だぜ。……もっとも、懲りちまったら遊び人なんかやっていられなくなる。懲りねぇ馬鹿が大勢いるから、遊里はいつでも賑やかで楽しいってことさ」

菊野が笑顔で同意する。

「そういうこと。さぁ、賑やかにまいりましょう」

芸者衆が謡いと音曲を始めた。卯之吉は銀八に顔を向けた。

「ところで、今夜はなんの話だったかねぇ」

「忘れてるんでげすか。若君様に命じられて謎解きをするんでしょうに」

「どんな謎かね」

ようやく話を聞く気になったようだ。銀八は旗振り妖怪の話をした。

「屋根の上で旗を振っている妖怪が出たんですがね……」

「それなら今、謎解きをしたじゃないか。誰かが旗で報せを送っていたんだよ。屋根の上に立つ理由は、遠くにいる相手にもよく見えるようにするためさ」

「あっ、なるほど。……するってぇと、浅草寺さんの富突きの当たり番号を、急いで誰かに伝えていた、ってことでげすね」

「そういうことなんだろうねぇ」

話を聞いていた源之丞が首を傾げた。

「しかしだぜ、なんだってそんな大勢を使って旗まで振らせて、当たり番号を知らなくちゃならなかったんだ？　当たり番号は次の日には瓦版に刷られる。急いで知ろうが次の日に知ろうが、当たり籤でもらえる額に変わりはねぇ。人を使って旗を振らせた駄賃の分だけ損をするってもんだぜ」

「そこが不思議といえば、不思議ですかねぇ」

卯之吉には関心がない様子だ。三方を引き寄せると、小判を一枚一枚、手に取って検(あらた)め始めた。

「十六枚の小判のうちの十四枚はあたしの懐から出たものです。門太郎さんの懐から出たのは二枚だけ。さぁて、門太郎さんの小判はどれでしょうね」

一枚を摘まみ取ってじっくりと見て、「ふぅん」と不思議な笑みを浮かべた。

その小判を菊野に渡す。

「姐さん、この小判をどうお見立てなさるね？」

菊野はハッとなった。

「これは、贋小判！」

「そうです。二枚の小判が贋物。どちらも門太郎さんが持っていたものです。門太郎さんの生家の山城屋さんは実直な商いで知られたお店。ですが門太郎さん本人は、あの通りの遊び人。さぁて、門太郎さん、いずこでこの贋小判を手に入れたのでしょうねぇ。それと……」

源之丞が訊く。

「それと、なんだい」

「旗を振って報せを伝える技……どこのどちら様が門太郎さんたちに、どういう理由があって、教えたのでしょうかねぇ」

＊

「くそッ、面白くねぇ！」

門太郎が取り巻きたちを引き連れながら夜道を歩いている。イカサマのタネを見破られ、すごすごと深川から退散していく。

門太郎は取り巻きの一人の襟首を摑んだ。

「手前ぇのせいだぞ！　源之丞に脅されて嘘を伝えやがった！　菊野の前で赤っ恥をかかせやがったんだ！」

菊野姐さんは江戸中の男の憧れだ。その目の前での屈辱だ。無様な姿を見られてしまった。門太郎は怒髪天（どはってん）を衝いている。

首を絞められた取り巻きが、もがいている。

「やめてくれ！　卯之吉に挑んだのがまずかったんだ！　アイツにゃあ誰もかなわねぇよ！」

「なんだとッ、俺より卯之の野郎のほうが格上だって言いてぇのか！」

見苦しく揉み合っていたその時であった。闇の中から「おい」と声を掛けられた。

凄（すご）みのある声音（こわね）だ。遊び人たちはギョッとなって周囲の闇に目を向けた。

「どこを見ておる。わしはここだ」

闇の中から一人の武士が姿を現わした。門太郎は取り巻きの衿から手を放すと、急いで低頭した。

「猿喰の旦那！　こ、こんな所でなにをなさっていなさるんで？」

甲府勤番の一人で、住吉屋藤右衛門と富士島ノ局の父娘の手先として暗躍する武士、猿喰六郎右衛門が鋭い眼光を光らせていたのだ。

「お前たちを捜しておったのだ。仕事だぞ」

門太郎は「へい」と答える。

「またぞろ、富突きの番号を伝えるんですかい」

「そうではない。江戸を出立（しゅったつ）してもらう」

門太郎と取り巻きたちは「あッ」と叫んだ。門太郎が言う。

「俺たちに、江戸を離れろって言うんですかい」

「そうだ。支度金を用意してある。ひとりにつき五両。首尾良き働きをしたならば、おのおのに二十両の褒美をくれてやる」

取り巻きたちは歓声を上げた。早くも大金を手に入れたつもりで沸き立っているのだ。

「二十五両あれば二年は遊んで暮らせるぜ！」

猿喰六郎右衛門の目はどこまでも冷たい。

「首尾よく成就したならば、の話だ。旗振りの稽古は、怠っておらぬであろうな？」

門太郎は答える。

「もちろんですぜ。今夜も稽古をしていたところだ」

横目で例の取り巻きを睨む。

「この野郎がしくじりをしやがったんですぜ。猿喰の旦那、折檻（せっかん）してやっておくんなせぇ」

取り巻きは真っ青な顔で怯え出した。

「やめてくれよ門太郎兄貴、しくじりなんかじゃねぇ！」

猿喰の目はどこまでも冷たい。

「しくじりは死で報いてもらうぞ」

本気で殺気を放っている。取り巻きは恐怖でその場に尻餅をついた。

猿喰は皆を見回す。

「何万両もの大金が動くのだ。失態は許されぬ。しくじった者を始末するのもわしの務めだ。殺されたくなかったら真面目に励め」

取り巻きたちは引き攣った顔で何度も頷いた。

門太郎は唇を尖らせた。

「だけどよ、猿喰の旦那。こんな旗振りにいったいどんなわけが――」

「詮索無用だ！　お前たちは言われた通りにすれば良い」

厳しい口調で言われ、門太郎は首を竦めた。

門太郎たちは猿喰に引き連れられて、いずこかへ立ち去った。

その様子を物陰から見ていた男がいた。菰を被って野宿する浪人、という風体だ。

「動き出したな……。なにを企んでいやがるんだ」

そう呟いたのは南町の同心、村田銕三郎であった。隠密廻りの役儀で、うらぶれた姿に変装していたのである。

村田は密かに、猿喰たちの後を追けはじめた。

六

翌日の昼。本多家下屋敷の御殿から凄(すさ)まじい煙が上がった。

本多出雲守が血相を変えて走ってきた。

「大焚き火か！」

大焚き火とは火事の隠語である。急いで消し止めなければならない。出雲守は血相を変えて走り、煙の出ている建物――巨大な物置小屋に飛び込んだ。

すると、なんとそこでは卯之吉が本当に焚き火をしていたのである。

その物置に板張りの床はなく、一面が土間の三和土(たたき)になっていた。土間の真ん中で激しく火が燃やされていた。

焚き火を蘭学者たちが取り囲んでいる。火吹き竹で炎に空気を送り込み、火勢を上げている。激しい白煙が濛々と立ち上った。

出雲守は茫然(ぼうぜん)となった。すぐに我に返って叫んだ。

「なにをしておるのかッ」

卯之吉が笑顔を向けてくる。

「ああ、出雲守様。良いところにおいでくださいました」

「お、お前——否、若君様ッ、これは何事にございましょうや！」

「贋小判の鑑定方法はわかりましたよね？　次に、出所を確かめようと思いましてね」

「なんじゃとッ。あっ！　おま……若君ッ、なんたることをしておるかッ……しておわしますするかッ」

卯之吉は小判に鑢をかけて、粉々にしようとしていたのだ。鑢がけをされた小判はすでに半分まで削られている。

「小判は天下を支える柱！　小判を故意に壊すことは重罪！　よ、よもや、真の小判ではあるまいな。贋小判を壊しているのであろうなッ？」

「いいえ、これは本物ですよ。こちらですでに粉になっているほうが贋物です」

ふたつの皿に、それぞれ砂金が山盛りになっている。片方が本物の小判を粉にした物。もう片方が贋物の小判の粉末らしい。

出雲守はもはや声も出てこず、口をパクパクさせるばかり。怒鳴りつけたいが、怒鳴りつけたら替え玉だと露顕してしまう。

卯之吉は笑顔のままだ。

「わけがあって、やっていることですから。順を追ってご説明いたしますよ。こちらの竈（かまど）には坩堝（るつぼ）が掛けられて、ご覧の通りに強い火力で熱せられております。坩堝の中に入っているのは鹿の骨を焼いて作った灰です」

　真っ白な灰が平らに均（なら）されて、激しく熱せられている。

　卯之吉は粉々にした金を薬包紙に包んで、捩（ね）じって丸めた。それを火箸（ひばし）で灰の真ん中に置いた。

　たちまち紙が燃え尽きて、金粉が熱せられ始めた。

「小判の中には混ぜ物が融（と）け込ませてありますよね。銀や銅などです」

　純金の小判の十枚が作れる金塊に、同じ量の銀や銅を混ぜると、純度五十パーセントの小判二十枚を作ることができる。徳川幕府と江戸金座の後藤家は、このやり方で小判を増やして、商業の発展による貨幣の需要に応えてきた。

　卯之吉の説明は続く。

「金、銀、銅には、それぞれに融け出す温度というものがございまして、先に融けた金属から順に、下の灰にしみ込んでいきます。そうやって最後に灰の上に残るのが金」

　金は表面張力が強いので、灰の上で丸い玉となる。

「このやり方でですね。本物の小判と、贋小判をそれぞれ融かして、小判に混ぜられていた物を選り分けてみたんですよ。それがこちらです」

　金の塊や銀の塊などが分けて置かれていた。

「そうしたらですね、わかりました」

　いつのまにやら出雲守は卯之吉の話に引き込まれている。他の者たちには聞かれないように小声で質した。

「なにがわかった」

　卯之吉はパッと明るい笑顔となった。

「贋小判の出所は甲斐国でしたよ。贋小判は甲州金で作られていたんです！」

「な、なんじゃとッ。甲州？　まことかッ」

「金は山から掘り出されてきて、今、目の前でやっている方法で精錬されます。これは〝灰吹き法〟っていうんですけどね。鹿の骨の灰の上に金鉱石をのせて、みんなで火吹き竹を吹くから灰吹き法。けれどもこれはずいぶんと古風なやりかたでしてね。武田信玄公が支配していた甲斐の金山で使われていたような、古いやり方なんです」

「ふむ」

「佐渡など、ただ今のご公儀が差配している金山では〝南蛮（なんばん）流し〟という新しいやり方で金を精錬しています」

「南蛮？　なんじゃそれは」

「水銀を使うんですけどね。詳しい説明は省きますが、水銀を使って金を選り分けているので、こうやって火で炙れば、わずかに残っていた水銀の煙が立ち上るわけです。確かに、本物の小判からは水銀の煙が出ました。ところが、贋小判の金からはどれだけ炙っても水銀が出ない。つまり、南蛮流しで精錬された金ではない。灰吹き法で精錬された金だ、ということです。そんな古いやり方で精錬しているのは甲斐の金山だけですよ」

卯之吉は、三国屋の喜七に持ってこさせた金塊を指差した。

「これらは佐渡で採れた金塊と、甲州で採れた金塊です。念のために粉々にして、融かしてみましたがね、同じ結果になりましたよ」

出雲守の顔つきが凄まじいものに変わった。血の気が引いて真っ青になり、次には怒りで真っ赤になった。

「贋小判が甲斐の金でできているとなると……。若君様と関わりがあるのか」

「さぁて。どうなんでしょうね。若君様が甲斐から江戸にお越しになった時期と、贋小判が出回り出した時期は、ちょうど重なっていますね。なんとも不思議なことですねぇ。あははは！」

なにゆえ笑っているのか、出雲守にもわからない。ともあれ一大事だ。

「甲斐に探りを入れねばならぬ！」

「そうしたほうがよろしいでしょうねぇ。ご老中様としては放っておけないでしょう？　天下の一大事ですよ」

お前などに言われるまでもないッ、と怒鳴り返したかったけれども、皆が見ている。

「若君様のお指図、肝に銘じましてございまする」

かたちだけ頭を下げて出雲守は走り出た。

「まずは三国屋に報せねばならぬ！　三国屋に金子を出させて、甲斐に密偵を送り込むのだ！」

将軍の病と幸千代の江戸入りによって、幕府は臨時出費を強いられている。大掛かりな探索をするための資金がない。

出雲守は、下屋敷御殿の長い廊下を走っていった。

＊

住吉屋の座敷に二十人ばかりの商人たちが集まっていた。皆で床ノ間を向いて正座して、緊張しきった表情を浮かべている。

住吉屋藤右衛門と千里眼の呑龍が入ってきた。呑龍は堂々と正面に座る。その横に住吉屋藤右衛門が座った。余裕の笑みを商人たちに向ける。

「皆様、よくお集まりでございます。さぁてどうです。金策はつきましたかね」

壱岐屋久兵衛が皆を代表して答える。

「かき集められるだけの金子を集めてまいりましたよ」

集めた大量の小判が三方に積まれている。藤右衛門は笑顔で頷いた。

「さすがは皆様、江戸でもそれと知られた大店ばかりですな。正直に申しまして、皆様の商いはそれぞれに行き詰まり、このままでは店を畳むより他にないお人たちばかり。ここまでの金が集まるとは……、いささか驚いておりますよ」

「確かに手前どもは皆、窮しております。このままでは首をくくるしかない者たちばかり。追い込まれているからこそ必死になって金策したものとお心得置き願いたい」

壱岐屋久兵衛は呑龍に目を向けた。

「呑龍先生の千里眼に頼るしかないのです。確かに、堂島米会所での取引の様子がお見えになるのですな」

「確かだ。案ずるな。わしの力は富突きを使って披露したであろうが」

住吉屋藤右衛門も大きく頷く。

「呑龍先生を頼って相場に金を掛ければ、万が一にも損をする心配はございませんよ」

商人たちは顔を見合わせた。不安を感じている者もいたであろう。しかし、他に手立てはないのである。一同揃って呑龍に向かって頭を下げて頼むしかなかった。

「なにとぞお願い申し上げまする。米相場で手前どもをお救いくださいませ」

平伏した商人たちを見て、住吉屋藤右衛門は邪悪な笑みを浮かべた。

「これですべてが整いましたな」

その言葉の意味するものがなんなのか、理解している者は藤右衛門本人しかいない。

第二章　卯之吉攫(さら)わる

一

深夜。江戸城の巨大な城塞(じょうさい)も闇と静寂に包まれている。

江戸城の本丸はおおよそ三つに区分されている。大奥御殿、中奥御殿、表御殿だ。大奥と中奥は将軍とその家族たちが暮らす〝家〟である。一方、表御殿（表向きと呼ばれる）は、幕府の政庁であった。

将軍は重い病の床に就いている。中奥御殿で闘病生活を送っていた。

大奥は男子禁制だが、中奥ならば男の役人も入ることができる。将軍は病身であっても側近の補佐を受けながら政治を行う建前になっていた。

大奥御殿に中﨟の富士島ノ局がやってきた。

大奥中﨟は表御殿の若年寄と同格だ。将軍の側近だった。

富士島ノ局は、江戸の商人、住吉屋藤右衛門の娘、お藤でもある。

もとはといえば江戸の町娘なのであるが、美貌が評判となって大奥勤めをすることになり、見事、上様のお手がついて中﨟に抜擢された。いまでは大奥での権勢、並ぶ者なき勢いだ。

病の篤い将軍は、老中でさえ面談の叶わぬ状況であったが、富士島は意に介さず、寝所の中にまで踏み込んだ。

将軍は布団の上で上半身を起こし、激しく咳き込んでいた。富士島は顔色を変えた様子を取り繕い、急いで将軍の枕元へと進んだ。

「上様、かように政務をなされては、お身体に障りまする」

将軍は病をおして判物（行政書類）に目を通していたのである。富士島は将軍の手から判物の紙束を奪った。

「我ら大奥の女房衆が目を通しまする。上様はどうぞお心を安らかにお過ごしくださいませ」

将軍は窶れた目で富士島を見た。

「政は将軍の務めじゃ……」

富士島はニンマリと微笑む。

「上様には弟君もいらっしゃいまする」

将軍は難しい顔つきで頷き返す。

「幸千代のことも気がかりであるぞ。目通りはまだなのか」

その問いかけを富士島は笑顔で無視した。

「さぁ上様。お薬をお飲みくださいませ」

枕元には黒漆塗りの三方(さんぽう)が置かれ、薬包が載せられてある。富士島は薬包を広げて将軍の口元に勧めた。

将軍が薬を口に含む。富士島は吸い飲み器で水を含ませた。

薬を飲むと将軍は精根尽き果てた様子で横たわった。富士島は夜着(よぎ)（上掛けの布団）をそっと掛けた。

「どうぞ、ごゆるりとお休みを。幸千代君につきましては、妾にお任せくださいますように……」

意味ありげに言い残して、寝所から出ていった。

それからどれくらいの時間が経ったのか、寝所に二人の男が忍び込んできた。

両人とも医者の格好をしている。足音を忍ばせて将軍の枕元に進んだ。

「……侍医(じい)の雪斎(せっさい)か」

将軍は起きていた。息が苦しくて眠りに就くこともできないらしい。薄く目を開けて枕元に正座した御殿医を見、つづいて若者を見た。

「そちは知らぬ顔だな。何者じゃ」

御殿医の雪斎は畳に額がつくほど平伏した。

「畏(おそ)れながらお答えいたしまする。こちらにおわしまするは、上様の弟君、幸千代様にございまする」

「なんじゃと」

その男はヘラヘラと軽薄な笑みを浮かべていた。

「お初にお目にかかります。ええとですね、こちらの先生はあたしの蘭学のお師匠様なんですが、なんと上様の御殿医で、今夜、ご登城して宿直(とのい)をお務めなさると聞いたものでしてね、どうしても上様のお顔を拝謁したくなって、ついてきちゃったんですよ。あたしは堪(こら)え性(しょう)がないもんでねぇ。本当に困った性分だ」

やたらと多弁で軽薄な物言いだ。将軍もどう反応すれば良いのかわからぬ様子で、とりあえず「うんうん」と頷いている。

幸千代――だとされている人物はそんな将軍を尻目に、蘭方医師の雪斎に顔を向けた。

「それじゃあ、ささっと診察しちゃいましょう」

将軍はさすがに驚いた。

「診察だと？　いかなる意味での物言いか」

雪斎が身を乗り出して答える。

「上様、お喜びくださいませ。幸千代君の蘭学修養はお見事の一言。本朝（日本国）でも指折りの学生にございまするぞ！　ことに医学のご見識は我らをも凌ぎまする」

蘭学を学ぼうと志したなら、外国の書物や機材を買い求めなければならない。よほどの金持ちしか学ぶことができない学問なのだ。蘭方医学はさらにもっと難しい。人体の解剖などを通じて臓器の位置や仕組みを学ぶことが必須なのだが、日本では死体の解剖は許されない。

卯之吉だけは同心として検屍を行っている。日本一死体に触れる機会の多い蘭方医師なのだ。辻斬りなどに斬られた人の手当ても好んで行う。外科医の知識と経験が増えていくのは当然であった。

しかし卯之吉本人だけは、すごい事をしているとは思っていない。

「褒めすぎですよ。上様が本気になさったらどうしますね」

「お世辞などではございませぬぞ、幸千代君！」

卯之吉はニンマリと笑った。

「まあ、そういうことですので、ちょっとばかりお脈を拝見いたしますよ」

遠慮なく将軍の手を取った。

この当時、御殿医であろうとも将軍の肌に直接触れて診察してはならないとされていた。将軍の権威を守るためだが、将軍の健康を守るためには逆効果となっている。

実の弟であるならば手に触れて脈を取っても不敬には当たらない。ただし、本当に実の弟であったなら、の話だが。

続いて卯之吉は、将軍の目を覗き込む。

「意識が朦朧となさっているようですねぇ」

さらには聴診器を取り出して将軍の胸に当てた。聴診器はヨーロッパで発明されたばかり。筒状の物体で、片方の端を患者の身体に、もう片方の端を医者が耳に当てて心音や臓器の音を聞き取る。

「ははぁ。なるほど……」

つづいて卯之吉は将軍の枕元の薬包を広げた。近々と顔を寄せて観察し、臭いを嗅ぎ、自分の指の先につけて舐めるまでした。

「このお薬は、ちょっとばかり腑に落ちませんねぇ。先生はどう思います？」

雪斎に渡す。雪斎も驚いた顔つきだ。

卯之吉は将軍に顔を向けた。

「このお薬はお飲みにならないほうがよろしいですよ」

「なんじゃと。毒薬だと申すか」

「毒とまでは言えないですが、用法と用量に間違いがあるようですねぇ。手前が新しく調合しましょう。銀八という者に届けさせます」

銀八が聞いたら卒倒しそうなことをサラリと口にした。

「こちらをお飲みください」

用意してきた薬包を広げる。蘭学者が将軍を支えて起こして薬を飲ませた。

将軍は身を横たえて大きく息をついた。

「弟よ。余の身体は良くなるのか」

「きっと良くなります。あたしが蘭方医の名にかけて請け合いますよ」

将軍は微かに笑った。

「お前は医者になるのではない。余の後を継いで将軍となるのだ」

「そんな面倒なお役はお断りです。上様にお任せします。そういうわけで、あたしのためにもお元気になってくださ い」

「面白い弟じゃ」

将軍は笑った。

「それでは、今日のところはあたしはこれで……。どうぞお大事になさってくださいまし。それとお薬のこと、くれぐれもご注意ください」

「うむ」

卯之吉から服用された薬が効いてきたのか、将軍は静かに目を閉じた。安らかな寝息を立て始める。

雪斎と卯之吉は闇に溶けるようにして姿を消した。

*

翌朝のことである。三国屋の主、徳右衛門が本多家の下屋敷に入った。御殿の大広間に向かう。別の御殿に卯之吉が暮らしているのだが、替え玉の策は機密だ。徳右衛門は何も知らない。

すでに本多出雲守が座っていた。幸千代の傅役、大井御前の姿もあった。

徳右衛門は敷居の外の廊下で平伏した。

「両替商、三国屋徳右衛門にございます」

「挨拶は良い。かまわぬ、入れ」

徳右衛門は敷居を跨いで広間に入った。

ちなみに老中の身分は朝廷の階級で四位である。商人は同じ部屋には入れない。庭で土下座をしなければならない。それぐらいに江戸時代の身分制度は厳しいのであるが、商人でも経済を左右するほどの豪商になれば話は別だ。江戸城にも入る特権が与えられる。正月には将軍に目通り（対面）して挨拶をしたというから偉いものだ。

徳川幕府がいかに商業を重視し、商業と金融の力に頼っていたのか、この一事だけでも理解ができる。

徳右衛門は平伏する。

「お呼びに従って参上いたしました」

老中本多出雲守は「大儀である」と重々しく答えた。それから容易ならぬことを口にした。

「贋小判の出所（でどころ）が判明いたしした。甲斐国じゃ」

「なんと！」

さしもの徳右衛門も驚いてしまう。大井御前にも顔を向けた。

「幸千代様が赤ん坊の頃に匿（かくま）われたのは甲斐国。お育ちになったのも甲斐国だと聞き及んでおりまする。此度（こたび）の一件、若君様に関わりのある話なのでございましょうや」

大井御前は面貌（めんぼう）にキッと怒りを浮かべて睨み返した。

「滅多な物言いをするでない！　幸千代君には御承知のなきことじゃ！」

「それはもちろん……若君様が公儀の政に仇成（あだな）すはずもございませぬ。若君様を疑っておるわけではございませぬが、しかし、ただの偶然とも思えませぬ。甲斐国で何かが起こっておるのでは？」

大井御前は渋い面相で答えた。

「甲斐の国情は複雑怪奇。表向きには上様の御領地。甲府城代が治めておる」

甲府城代は徳川家の大身旗本が務める。その配下の役人たちは甲府勤番。素行の悪い旗本や御家人が派遣されるのは周知のとおり。

大井御前は続ける。

「しかし、国内で隠然たる力を誇示しておるのは武田の遺臣たちじゃ。表向きには大人しく徳川家に従っておるが、戦国の遺風を忘れたわけではない。一朝ことあらば父祖伝来の鎧兜に身を包んで決起いたそうぞ」

本多出雲守が補足して説明する。

「徳川の御家では世継ぎ争いが絶えぬ。人知れずに殺められた若君やご側室様も多い。歴代の将軍は我が子を暗殺から守るため、武田の遺臣を頼りとした。生まれた若子様を甲斐や信濃に送り届け、武田の遺臣に守らせて、育てさせたのだ」

武田の遺臣に守られて育った人物に保科正之がいる。無事に成人してのちは三代将軍の家光（正之にとっては兄）と四代将軍の家綱（甥）を補佐した。名宰相と尊称された。

「しかしじゃ」

大井御前が厳しい顔で続ける。

「武田の遺臣であることを誇りとするあまりに、徳川将軍家を憎み恨む者も多い。左様、甲州金座などは、もっとも公儀を憎んでおろう」

「甲州金座！」

徳右衛門の顔つきが変わった。本多出雲守が深刻な顔で頷き返す。

「甲斐より産出される黄金の力で東照神君家康公の覇道を支えた金山衆。家康公も金山衆の力を恐れ、数々の特権を与えて味方につけた。だが、太平の世になれば話は変わる。特権を与えられ過ぎた金山衆は治世の妨げとなったのだ」

徳川家は直轄の可能な江戸金座を創設することで、小判の製造と流通を掌握した。すると武田遺臣の甲州金座は邪魔になる。

幕府は様々な政策で甲州金座から特権を奪い取り、ついには有名無実のものとしたのだ。徳川幕府で金融政策に関与する者ならば誰でも知る悲劇であった。

徳右衛門が問い質す。

「こたびの贋小判の一件、甲州金座による謀叛……と断じてよろしゅうございましょうか」

「疑いは拭いきれぬ」

本多出雲守はそう答えた。だが大井御前は唇を噛んで首を横に振った。

「妾にはとうてい信じられぬ。甲斐の者たちが謀叛を起こすとは」

本多出雲守が大井御前に顔を向けた。

「されど、贋小判の金は確かに甲州金。佐渡の金と甲斐の金とでは鉱石に混ざる銅や砒素の比率が異なる。蘭学者たちがわざわざ小判を融かして確かめたのだ」

　そこには卯之吉もいたのだが、徳右衛門に知らせることはできない。

　大井御前は言い返す。

「確たる証拠もなく甲斐の者たちの仕業と決めつけるは乱暴極まりまするぞ！」

　甲斐国の貴人としては退けない一線なのだろう。出雲守も頷いた。

「いかにも。調べを尽くさねばならぬ。若君様のご面目を損なうことは許されぬのだからな。上様の病はますます重い。何者かがこの機に乗じて天下を揺るがそうとしておるのは確実だ」

　大井御前は決意を固めた顔つきだ。

「妾が甲斐に戻り、確かめてまいりましょう！」

　出雲守は頷いた。それから徳右衛門に命じた。

「そのほうは商人の立場で小判の流れを検めよ」

「心得ましてございまする」

　徳右衛門に「否」はない。不敵な笑みまで浮かべた。

「この三国屋徳右衛門に損をさせる相手は、けっして許しておけませぬ。不倶戴天の仇敵！　必ずや突き止めて地獄に落としてくれましょうぞ！」

＊

卯之吉は今日も蘭学の実験に打ち込んでいる。炉にかけられた坩堝の上で金の塊を融かしていた。

小判に混ぜられていた卑金属（銅や鉛、砒素など）は融点の低い順に融けて灰の中に染み込んでいく。分離した金属の量と質を分析することで、金が産出、精錬された場所がわかるはずだ。

部屋の隅には木箱が積まれてある。卯之吉はチラリと目を向けて苦笑した。

「この箱に入っているのがぜんぶ贋小判だっていうんですからねぇ。金の相場が目茶苦茶になるのもわかりますよ」

老蘭学者が首を傾げている。

「されど……若君様。かほどに大量の黄金が、何処(いずこ)から掘り出され、あるいは秘匿されておったのでございましょうな？」

「ご不審ですかね」

「黄金という物は、おいそれとは手に入りませぬ。金掘り衆が地中深くから掘り出しまする。その量は微々たるもの。だからこそ値打ちがございます」

「ふむふむ」

「米の値を下げ、諸物価を高騰させるには、大量の贋小判が必要でございましょう？　百両や二百両の贋小判では、公儀の屋台骨は揺るぎませぬぞ」

「なるほど、確かに妙だ。贋小判が多すぎるようだねぇ」

「甲斐国で新しい金山が見つかったという話は聞きませぬし、そもそも大規模に金を掘り出すには大勢の人手が要りまする。人を集めれば必ず噂となりまする」

卯之吉は再び贋小判の箱に目を向けた。

「つまり、隠し金山なんか、存在し得ない、ということかぇ」

二

住吉屋藤右衛門が構える店に大勢の商人たちが集まっている。それぞれが手に米切手を握っていた。

米切手とは諸大名が発行した手形で、一枚で米十石と引き換えることができる。米切手を発行元の蔵屋敷に持ち込めば米俵を渡してくれるのだ。米は重くてとても嵩張(かさば)る。米を買っても自分の店の蔵に収蔵するのは大変なので、切手一枚で売り買いができるように工夫されたのだ。

この米切手は商人同士でも売買ができる。米の値が安い時に買って、米が値上がりした時点で売りに出せば大儲けできた。

つまりは投機である。

贋小判の横行で金の相場が下がっている。逆に米の値が上がる。米切手を大量に買い集めておけば、労せずして大金持ちになれるのだ。

しかし当然に危険も伴う。米の値が上がらなければ大損を被ることになる。

座敷に集まって座る商人一同の前には〃千里眼の呑龍先生〃が鎮座している。瞼を閉じてゆったりと構えつつ、細長く伸ばしたヒゲを撫でていた。

そこへ住吉屋の手代が駆け込んできた。

「たった今、小網町の米穀問屋が、米相場の高札を掲げました」

米穀問屋は江戸で米を商う者たちの同業者組合だ。大坂の堂島米会所で定められた米の値段を公表し、その値で商いをする。江戸で売られる米価の基本となるものだ。

座敷に集まった商人たちは、買い占めた米切手を握り締めて固唾をのんだ。

「米十石につき、二両一分の値上がりでございます！」

一同が「おおっ！」とどよめいた。座敷じゅうが歓声に包まれた。

「値上がりしたぞ！」

「大儲けだ！」

「これで手前は首を吊らずとも済みましたよ！」

嬉し涙で袖を濡らす商人もいる。

「呑龍先生の仰った通りだった！」

「ただ値上がりしただけじゃない。値上げの額までぴったりとお当てなさった」

「あな、ありがたや呑龍大明神！」

呑龍は余裕の笑みを浮かべつつ、鷹揚に頷き返している。

その様子を廊下から住吉屋藤右衛門が見守っていた。

その後ろには猿喰六郎右衛門がいた。陰気で殺気立った顔つきだ。

「上手くいきましたよ。商人たちはすっかり呑龍を信じきっている」

「それで、これからどうするのだ。破産しかけた商人どもを救ってやって、なになる」

藤右衛門は振り返ってニヤーッと笑った。

「もっと、もっと、米を買い占めさせるのですよ。米の買い占めが起これば堂島米会所での値もますます上がりましょう」

「するとどうなる」

「小判の値打ちがさらに下がって、小判を商う両替商たちが苦しみます。お忘れでしょうか。本多出雲守様の権勢を支えているのは江戸の両替商たちですぞ。中でも三国屋徳右衛門の財力が大きい。三国屋を打倒せぬ限り、本多出雲守様を倒すことも叶わず、本多出雲守様がおわす限り、柳営（幕府）の実権を握ることは叶いませぬ」

「ならば我らの邪魔者は、幸千代君、本多出雲守、三国屋徳右衛門、ということになるか」

「それと……本多出雲守様の懐刀との評判の南町奉行所同心……」

「八巻のことか。かの者には甲府勤番の仲間を討たれ、さらには苦労して集めた刺客どもまで返り討ちにされた。この怨みはけっして忘れぬ！」

「猿喰様の手で仕留めていただければ、と思いまする」

「言われるまでもない。刀の錆にしてくれようぞ」

猿喰はそう言い残して、その場を去った。

「ご武運をお祈りいたしますよ」

住吉屋藤右衛門は悪相の笑みを浮かべている。

＊

江戸の町中を旅姿で身を固めた水谷弥五郎がのし歩いてくる。まるで廻国修行の武芸者だ。宮本武蔵もかくや、と思わせる威容、そして薄汚さだった。道をゆく町人たちは皆、慌てて道を譲った。

水谷弥五郎は厳めしい顔つきを装いつつ、内心ではほくそ笑んでいる。

「久々の大きな用心棒仕事だぞ。大金を稼いで由利之丞を喜ばせてやらねば」

由利之丞は芝居に出ているので同行しない。一抹の寂しさを感じたけれども、危険な旅には同道させないほうが良いのだ、と、水谷は自分に言い聞かせた。

今回の雇い主は三国屋だった。水谷は三国屋の店の前に到達した。

すると、そこに旅装姿のむさ苦しい浪人が立っているのが見えた。この人物も徳右衛門が雇った用心棒に違いない。水谷は声を掛けた。

「御免。そこもとはご同業か。拙者は水谷弥五郎と申す。一緒に旅をすることになる。よろしく頼むぞ」

男が振り返った。被った笠の下から鋭い眼光を向けてきた。

「俺だ」

そう言われても、その顔に見覚えはない。

「誰だ？」

男はカッと激怒した。

「南町の村田だッ」

水谷弥五郎は「あっ」と声を上げた。

「これは……、とんだお見逸れをいたした。しかし、その姿はいったい？」

「隠密廻り同心を拝命し、甲斐国まで探索に赴くのだッ」

店の中から喜七がすっ飛んできた。

「村田様、お声が大きゅうございます。ご身分を大声でお明かしになっては、隠密旅になりませぬ」

「おっ？　おお……そうであった」

村田は、ちょっと反省した顔つきとなった。

水谷弥五郎は首を傾げた。

「しかし村田殿。そこもとは町奉行所の同心。江戸の町からは出られぬはず」

江戸町奉行所の役人たちは江戸の外には出られない。江戸の地図には黒い墨で線が引かれている。これを〝墨引き〟といって町奉行所の役人が職権を振るうことのできる範囲を示していた。

役人というものは職権を厳格に定められている。余所の役所の権限を侵害しないように〝町奉行所の役人は墨引きの外へ出てはならぬ〟という、とんでもない法度があったのだ。

村田銕三郎が答えた。

「隠密廻り同心だけは別儀だ。江戸の外まで探索に赴くことができる」

目を剝いて歯をギリギリと噛み鳴らす。

「俺が隠密廻りに志願したのは贋小判造りの悪党どもを捕縛するためだッ。地の果てまでも追い詰めて、必ずや縄を掛けてくれる！」

いつものことながら気合いが入っている。入りすぎている。

水谷弥五郎は喜七に目を向けた。喜七も困り顔だ。

「そういう次第でございまして、村田様がご同行なさいまする。水谷様もどうぞよしなにお願いいたします」

喜七も旅姿だ。振り分け荷物を肩から下げていた。

徳右衛門が店から出てきた。

「旅の出立には良い日和でございますな。村田様、水谷様、頼みましたぞ」

さらにはもう一人、身分のありそうな老貴婦人が出てきた。三国屋徳右衛門が水谷弥五郎に耳打ちする。

「幸千代様の育ての親、大井御前様におわしまする。くれぐれもご無礼のなきように……」

水谷弥五郎の顔色が変わった。身震いを走らせた。

徳右衛門はさすがの政商で、高貴な人物の前でも臆することはない。愛想笑いにいっそうの磨きをかけて如才なく応対している。

「すぐに駕籠を呼びましょう。ごゆるりと旅をお楽しみくださいますよう」

すると大井御前は憤慨の表情となった。

「駕籠などいりませぬ！　甲斐の山野で鍛えたこの足腰、わずかの衰えもございませぬぞ。見損なうでない！」

そう言うとスタスタと歩きだした。

徳右衛門は愛想笑いをはりつけたまま後に続く。村田銕三郎も歩んでいく。

「厄介な旅になりそうだなぁ」

唯一常識の通じそうな相手、喜七に向かって水谷は愚痴をこぼした。喜七も顔を引き攣らせている。

＊

美鈴は今日も木剣を振り下ろしている。

「えいっ、やあっ」

気合いの入った声が本多屋敷の裏庭に響く。武芸の稽古だ。真琴姫を取り巻く情勢はますます混迷の度を深めている。曲者たちは暗躍を続ける。一瞬の気の弛みも許されない。

美鈴は最後の一閃を振り下ろし、フーッと長い息を吐いた。気を静める。自然と稽古にも熱が入った。

（駄目だ。私の心は乱れている）

とうてい満足のゆく稽古ではない。その理由もわかっている。

卯之吉がこの屋敷の表御殿にいる。同じ敷地の中で暮らしている。にもかかわらず顔を合わせることが叶わない。

卯之吉は希に幸千代に扮して真琴姫のご機嫌伺いにやってくることがあったが、その時にも言葉を交わすことが許されない。卯之吉はあくまでも幸千代として振る舞わなければならないからだ。

こんなに辛くて苦しいことが他にあろうか。美鈴の心は千々に乱れるばかりだ。

そこへ別式女の楓がやってきた。三人いた女武芸者のうち、生き残った最後の一人だ。年齢は二十歳そこそこ、少年のような顔だちの娘であった。

「美鈴殿、真琴姫様が」

「どうなさったのですか」

「気鬱（きうつ）にお悩みのご様子にて、朝食に箸をおつけなさいませぬ。いかがいたしましょうか」

困ったことだ、と、美鈴は思った。

真琴姫も恋の病である。幸千代にすげなくされて傷ついている。美鈴には真琴姫の気持ちが良くわかる。

慕えば慕うほどに、女心を傷つけられる。

(卯之吉様と幸千代様は、外見しか似たところがないと思っていたけれど、そうでもない。女心を蔑（ないがし）ろにするところがよく似ている)

などと思いながら楓に答えた。

「すぐ行きます」

美鈴は足を井戸水で洗って奥御殿にあがり、真琴姫のお寛ぎ処（くつろぎどころ）（日常で使用する部屋）に向かった。

今日の姫様は一段と御気色が悪い。恋の病も重症だ。

恋の病だとて馬鹿にはできない。病は気から、という言葉もある。本当に病んでしまうこともあり得た。美鈴は静かに座った。

真琴姫は泣き腫らした目を向けてきた。

「美鈴、妾は、甲斐に帰ろうと思う」

「なにゆえ、そのようなことを仰せなさいまするか」

「妾がいかに我が君を恋い慕おうとも、我が君は妾に目を向けてはくださらぬ。妾は愛されてはおらぬのじゃ」

そのようなことはあるまい、と、美鈴は思っている。

幸千代はいつでも険しい面相を崩さぬ男だが、真琴姫の前でだけは優しげな顔を見せる。真琴姫に愛情を感じているからに違いない。美鈴は幸千代という男を近くで良く見て知っている。

美鈴が口を挟む暇もなく、真琴姫は一人で延々と語り続ける。気鬱の病に罹った者に特有の症状だ。

「妾は我が君にとってはお邪魔なのだ」

「なにゆえにお邪魔なのでございましょう」

「我が君はいずれ将軍職にお就きになられる。将軍のご正室は五摂家の姫君と決められておるのじゃ」

五摂家とは京の朝廷の貴族たちのことだ。徳川将軍は左大臣（貴族の最高権威で総理大臣に相当する）に任官することもある。じつに高貴な家柄だ。

「妾は諏訪の神官の娘。武田の血を引いておるとは申せ、五摂家には遠く及ばぬ。妾の身分では将軍家の正室は務まらぬ」

幸千代は存在すら隠されたまま一生を終えるはずだった。許嫁の身分もさほど厳格には問われなかった。もちろん甲斐の片田舎においては高貴な身分の姫だったのに相違ないわけだが。

「妾は甲斐に戻りたい」

真琴姫は同じ言葉を繰り返した。美鈴は困ってしまった。

「そのような大事を、姫様のご一存で決めることは叶わぬのではないかと」

姫は聞いていない。気鬱の者は人の話など聞かないものだ。

「せめて最後に江戸見物がしたい……。それさえ叶えば、妾はもう、思い残すことは何もない……」

そう言ってさめざめと泣き始めた。

美鈴は困り果てた。大井御前に相談したいが、御前は甲斐に向かったという。

ともあれ、このまま悩ませておいたなら本当に病んでしまう。どうにかしなければなるまい。

＊

「そういうお話なら、江戸見物をさせて差し上げたら？」

菊野がさらっと言った。なにを難しく考えることがあるのか、という顔つきだ。

ここは深川の料理茶屋。本多家下屋敷を抜け出した美鈴は、菊野のもとに相談に出向いた。なにかと頼りになる姉貴分なのである。

「お屋敷に閉じ込めておくから気鬱になるんですよ。江戸見物でパァッと気散じをしていただいて、身も心も晴々となっていただけばいいんです」

美鈴は半信半疑だ。

「そんなに簡単に事が運びますか？」

「大丈夫。任せておいて。楽しく遊んでいただいて、良い気分にさせるのが芸者の仕事。これでも玄人(くろうと)ですのサ」

菊野は深川一の芸者である。自信に満ちた顔つきだ。美鈴も（ならばお願いしようか）という気持ちになった。

＊

大井御前と三国屋徳右衛門の一行は甲州街道を西に向かって旅し続けている。

「ここに道標(みちしるべ)がございます」

喜七が指差す。苔むした石碑に『これよりこうしゅう』と刻まれてあった。どうやらここが国境(くにざかい)のようだ。

山道はますます険しい。枯れ葉はほとんど散った後だ。冷たい風が吹き渡っていた。

喜七は村田銕三郎に語りかけた。

「この先に見晴らしの良い所がございまして、富士山がよく見えますよ」

江戸から出られぬ町方同心は、旅の名所には疎(うと)いはずだ。よかれと思って教えたのだが、村田は激しく怒りだした。

「物見遊山(ゆさん)に来たのではないッ」

喜七はほうほうの態で後退る。

水谷弥五郎は喜七に質した。

「あの村田という役人は、一日中、ああやって怒っているのか」

「そのようですねぇ……。難儀な旅ですよ、まったくもう」

水谷弥五郎は「うむ」と頷いて、それから周囲の木々や、深山幽谷に目を向けた。「ムッ」と唸って腰の刀を差し直す。喜七が訊ねる。

「どうかなさいましたか」

水谷は緊迫した顔で周囲を見渡している。

「誰かに見張られておるようだな」

「へっ？　どこから」

水谷は顰め面で歩きだした。喜七は（なにがなんだかわからない）という顔で後に続いた。

ほどなくして、喜七の言った通りに見晴らしの良い場所に出た。

富士山は雪をかぶっている。初冬の青空の中で白く輝いていた。

大井御前が歓声を上げた。

「富士があんなに大きく見える！　富士の姿を見れば、故郷に帰ってきたのだと実感いたす！」

江戸育ちの喜七にはこの感覚がよくわからない。商い旅から戻ってきて、密集した貧乏長屋とせわしなく歩き回る町人を見ると、ああ、江戸に帰ってきたのだなぁ、と思うことはあるけれども。

喜七は景色を見渡した。そして「おや」と声を上げた。

「あんな所で旗を振ってるお人がいますよ」

村田銕三郎には関心がない。

「鳥や獣を追いはらっているのだろう」

江戸の定町廻り同心の間では〝屋根の上で旗を振る妖怪〟の話がのぼっていたが、村田銕三郎は隠密廻りの役儀に就いていたのでその話は耳に届いていない。

山道は下り坂になる。山道を下りきった先に甲斐の盆地が広がっているはずだ。

三

卯之吉は今日も小判を坩堝(るつぼ)にかけて融かしている。

炉はさながら地獄の業火(ごうか)のようだ。激しく燃え盛っている。土鍋の灰の上で融けた金塊が丸い玉になっていた。

「……変だねぇ」

卯之吉は首を傾げている。なにやら腑に落ちない様子だ。坩堝の様子を近々と見ようとして顔を近づけて、

「あちちちっ」

悲鳴をあげながら身を引いた。

老蘭学者が呆れている。

「そんなにお顔を近づけさせては火傷をなさいますぞ」

「そうだったねぇ。あたしとしたことがとんだヘマだ」

どれほど興味を惹かれたからといって、炎に顔を突っ込んで覗き込もうとする人間など、卯之吉ひとりしかいない。

卯之吉は思案投首（しあんなげくび）だ。

「これは確かに贋小判の金なのかい？」

「はい確かに」

贋小判から銅や銀や砒素（ひそ）などが分けられる。蘭学者の弟子たちが重さと量を計って記帳していた。

卯之吉は記録された帳面を手にして開いた。

「贋小判なのに佐渡の金とまったく同じじゃないか。混ぜ物のほうも、真正の小判と同じだよ」

老蘭学者が同意する。

「はい。そのようにございます」

「おかしいよね？」

「おかしいことだ、とは、それがしも思いまする。されど若君。実験して得られた結果は、ありのままに受け入れねばなりませぬ。そのうえで道理に適う結論に至るまで思考を重ねまする。それこそが蘭学の精髄にございます」

卯之吉は「ううむ」と考え込んだ。そして言った。

「本物の小判を材料にして、贋小判を作っているとしか考えられないよねぇ」

「一両の値打ちがある小判を潰して贋物を作る、ですと？　なんのためにそのような愚行をなすのでございましょうか」

「次から次へと、解き明かさなければならない謎が出てくるねぇ」

卯之吉は（ますます面白くなってきた）と言わんばかりの顔つきで微笑した。

＊

日本で売買される米の相場は大坂の堂島米会所の取引によって定められる。江戸での米取引は〝河岸八町米仲買〟が行う。小網町の立場（取引所）は今日も米切手を売り買いする商人たちでごった返していた。

「取ろう！　取ろう！」

山と積まれた米俵を前にして商人たちが買いつけに走っている。目の色を変えて、米の現物や米切手を買い求めようとしていた。

江戸の市場では「買う」ことを「取る」と言う。手のひらを自分に向けて「取ろう」と言って、購入の意志があることを示す。

逆に「売る」ことは「遣る」という。自分の手のひらを相手に向けて「遣ろう」と言う。江戸では訛って「遣っちゃう」あるいは「遣っちゃ」と言った。

「取ろう」と「遣っちゃ」の間で折り合いがつけば取引成立だ。

贋小判の横行で金相場は信用を失っている。小判の価値が下がれば相対的に米の価値が上がる。

小判を手放して米を買えば濡れ手で粟の利益が得られる。すると逆に、小判を持っていること自体が不安になる。手許の小判を急いで米切手に換えなければならない。そういう心理が大きく働いた。

皆で〝米買い〟を求めるが、米切手を売る者がいない。立場の行司（ぎょうじ）が「売りないか！　売りないか！」と大声を上げて〝売り〟を促すけれども応じる者はいない。当たり前だ。米の値はここ数日来、ずっと上がり続けている。ここで米切手を手放したならみすみす損を被ってしまう。

取引が成立しない。これを江戸時代の仲買人たちは〝自然止（や）み〟と呼んだ。現代でいうパニック買いだ。

行司がさらなる米の値上げを告げた。

「切手一枚につき十三両と二分でどうだ！　十三両と二分！　売りはないか！」

それでも売り手が現われなければさらに米の値を上げるしかない。高札にかけられた値札の額は鰻登（うなぎのぼ）りに上がっていく。

立場は屋根もないただの広場だ。広場を見下ろして建つ二階家の座敷に住吉屋藤右衛門がいた。満足そうに取引の様子を見守っている。

傍らには手下の弥市（やいち）が控えていた。今日は商家の手代の格好だ。衿に〝住吉屋〟の屋号が入った半纏を着ていた。

「旦那様、この日のために買い集めてまいりました米切手、こちらに用意してございます」

黒漆塗りの手文庫の蓋を開けた。手文庫とは書類を入れる箱のことだ。米切手が大量に納められている。切手一枚の額面は米十石が基本である。百枚で千石。千枚で一万石の米と交換できる。

住吉屋藤右衛門はニヤリと笑った。

「小判の値が下がり、米の値が上がれば上がるほど、米切手の値打ちも上がる」

「米切手の買い占めを始めた頃は、豊作続きで米の値は底を打っておりました」

「今、米の値は〝天井〟だ。濡れ手で粟の大儲けだぞ」

眼下の広場では大騒動が続いている。小判を手放して米切手を買いたい商人たちが「取ろう、取ろう」と叫んでいるが、売りに応じる者がいない。米問屋の行司も困り果てている。

「売り、ないか！　米切手一枚につき十四両、ええい十四両と二分だ！　さぁどうだ！」

米切手一枚、すなわち米十石の公定相場は小判十両である。四割五分も値上がりしている。十両で切手を買っておいて、いま売れば、四両二分の儲けが懐に入るのだ。

米切手を何百枚、何千枚も買い集めていたら、どれほどの利益となることか。

行司は喚き続ける。

「売りはいないか！　いないなら、今日の取引は立用ですぞ！」

立用とは市場の閉鎖、取引停止のことである。ストップ安やストップ高（自然止み）で市場を閉鎖することは、江戸時代にも行われていた。行司にその権限があった。

立用は拍子木を打つことで市場にいる全員に知らされる。問屋行司は小者に命じて拍子木を用意させた。その様子を住吉屋藤右衛門が見下ろしている。

「そろそろ潮時だな」

そう呟くと二階座敷の欄干に出る。大きく息を吸った。自分の手のひらを外に向けた。

「遣っちゃ！」

藤右衛門の声が立場に響きわたった。皆が一斉に欄干の上の藤右衛門を見た。

不思議な静寂だ。

行司が確かめる。

「住吉屋さん、売りでっか？」

「いかにも。遣りますよ」

　これが証拠だ、とばかりに弥市が米切手の束を掲げた。

　商人たちが一斉に「うおーっ」と吠えた。

「取ろう！　取ろう！」

「取りまっせ住吉屋さん！」

「うちも取りや！」

　住吉屋藤右衛門は笑顔で答えた。

「売り買いは小判でお願いしますよ。帳合(ちょうあい)商いはお断りです。現金の御方にだけ、遣りましょう」

　帳合商いとは一種のツケ払いのことだ。商人たちは小判の包金(つつみがね)を鷲摑みにして欄干の下に押し寄せた。弥市は小判を受け取って、代わりに米切手を手渡していく。

「こっちも取りや！」

「手前にも取らせておくんなさい！」

悲鳴にも似た声があがって皆で小判を差し出してくる。欄干の上では藤右衛門が全身を揺すって高笑いした。


夕刻になって米の問屋場が閉じられた。米の仲買人や商人たちは立ち去った。夕陽が畳を照らしている。藤右衛門が畳を踏んでやってきた。

「用意してあった米切手は残らず捌けたかね」

弥市は閉められた襖の前で正座している。

「へい。小判はこちらに」

隣の座敷に通じる襖を開ける。そこには山と積まれた小判があった。千両箱に納められた小判。三方の上に載せられた小判。夕陽を浴びて燦然と光り輝いた。

「すべて本物の、江戸金座の後藤家の極印が打たれた小判でございます」

「当たり前さ。江戸の米商人たちが贋小判なんかを紛れ込ませるわけがない」

藤右衛門は無造作に小判を手に取った。

「弥市よ、この小判をぜんぶ贋物に造り替えるんだ。贋小判を使ってはならぬというのがお上のお達し。お上は贋小判をかき集めて町奉行所の蔵にしまい込む。江戸の市中からますます小判が消えていくぞ」

弥市はニヤリと笑った。

「江戸の商いは、まったく成り立たなくなりまする」

「米の値だけが、どんどん上がるってぇ寸法さ」

「旦那様が買い集めた米切手と米俵の値打ち……、いずれは三国屋徳右衛門が溜め込んだ小判の値打ちに勝りましょう」

「あたしが日本一の商人になるんだよ！　日本はあたしの手中に落ちたも同然だ！」

そう吠えてから弥市に鋭い目を向けた。

「邪魔になるのは上様の跡取りの幸千代君。策が成就する前に将軍職に就かれてはたまらない。あたしが大坂で米切手を買い占めることができるのは、あたしの娘が上様の御愛妾だからこそだ」

将軍には意識の朦朧となる薬を飲ませ、政務は富士島が代行する。

大坂の商人たちは、富士島ノ局に遠慮して、あるいは取り入ろうとして、住吉屋藤右衛門に便宜を図る。

「猿喰様に密書を出すんだ。一日も早く、幸千代君を仕留めてくれ、とな」

将軍家が幸千代に代替わりをしたら、藤右衛門でも好き勝手な商いはできなくなる。

「畏まってございまする」

凶悪極まる指図だったが、弥市は顔色のひとつも変えずに答えた。

＊

南町奉行所の内与力、沢田彦太郎が凄まじい形相で畳廊下を渡ってきた。

本多出雲守の用部屋（執務室）に入る。正座すると平伏し、息もつかず言上した。

「米価の値上がりが止まりませぬ！　米問屋に対し、数日間の立用、すなわち取引の停止をお命じくださいまするよう、進言仕りまする！」

江戸の商業の統制も町奉行所の仕事だ。そして貧しい庶民の暮らしを守ることも職掌としている。

「米の値上がりを放置いたせば、貧しき庶民には買い求めることのできぬ値段となりまする。飢えて窮した町人が打毀しを始めましょうぞ。そうなっては手遅れにございまする！」

打毀しとは町人たちによる一揆のことだ。要求を掲げて町中で暴れ回り、豪商の家などを壊してまわる。

　本多出雲守も渋い表情だ。

「打毀しじゃと？　上様のご病床にまで市中の喧騒が聞こえるようなことがあってはならぬ。上様のお加減に障りが出る。上様は生真面目でお心の優しいお人柄。民の嘆きをお聞きになれば、我がことのようにお悩みなされる。今の御病状でお心まで悩ませたならばお命にかかわる」

「まさしく天下の一大事」

「だが、米問屋を止めることはできぬ」

「なにゆえにございまするか」

「先手を打たれた。富士島ノ局が〝上様のご下命〟とのたまって、米問屋を閉めることは許さぬ――と申しつけてまいったのだ」

「それは……まことに上様のお言葉なのでございましょうか！」

「上様のお言葉だと言われたら、疑うことはできぬ。今は誰も上様にお目通りして確かめることができぬのだ」

　沢田彦太郎は本多出雲守の顔を凝視した。ズイッと膝を進める。

「南町奉行所内与力、沢田彦太郎。腹を切る覚悟で進言申し上げまする！」

「なんじゃ」

「かくなるうえは江戸城の御金蔵を開き、大量の小判を市中に流すより他にございませぬ」

「なんと。公儀の最後の蓄えを放出せよと申すか」

「贋小判を回収すると同時に本物の小判を商人たちに下げ渡しまする。これにて江戸の商人たちは救われ、商業は元の活気を取り戻しましょう。これより他に打つ手はないものと愚考仕りまする」

本多出雲守は険しい面相だ。

「そなたの献策の意図せんとすることはわかる。じゃが、御金蔵を開くことはできぬぞ」

「なにゆえにございましょうや」

「御金蔵の鍵を開けるには上様の御裁可がいるのだ。上様のお許しがなければ御蔵奉行は蔵を開けぬ」

「ならば上様の御裁可を――」

「上様はご病床じゃ！　富士島ノ局しかお傍に近づくことができぬ。大奥女中に御金蔵の開け閉めを委ねよと申すか。そのような先例を一度でも作れば大奥は何度でも御金蔵の出納に口を挟んでこようぞ。ただでさえ大奥は金遣いが荒い。御金蔵に手をつける権限まで与えたならば、今後どうなることか」

沢田彦太郎は悔しげに呻いて袴を拳で握り締めた。

手をこまねいている間にも、江戸の商人と庶民たちの生活は破壊されていくのだ。

*

草深い山道を一人の若者が気だるげな様子で歩いてくる。古びた菅笠に汚れた野良着。山中で働く樵か猟師の格好だ。

腕に抱えているのは黒と赤の大旗。歩いて行くその先には粗末な山小屋があった。屋根は茅葺き、入り口には戸板の代わりに莚が下げてある。若者は手荒に莚を捲り上げると中に入った。

「やってられねぇぞ！」

悪態をついて旗を投げ捨てる。菅笠も脱ぐ。素顔が露わになった。放蕩者の門太郎であった。卯之吉に旗信号のからくりを見破られた男だ。

小屋の中には同じ年頃の若者が一人いた。囲炉裏の火の近く、土間の上に敷かれた莚で寝ころんでいる。

門太郎はドッカと座った。フンッと荒く鼻息を吹いた。

「毎日毎日旗振りばかりだ！　馬鹿馬鹿しくてやってられねぇぜ」

野良着の袖をまくって見せる。

「見ろよ！　腕がこんなに太くなっちまった！」

すると悪友がすかさず冷やかした。

「顔も真っ黒に日焼けしてるぜ。その姿、吉原や深川の女たちには見せられたもんじゃやねぇな」

逞しい腕や日焼けした肌は労働者の象徴だ、と、放蕩息子たちは考えている。肉体労働をしない人ほど身分が高いと心得違いをしているので、細い腕や色白の肌ほど高貴なものだし、女性からも好かれると思い込んでいた。ほっそりとした白い指で三味線などをサラリと弾くのが色男だと考えていたのだ。

門太郎は自分の両腕と野良着の袖を〝奴凧〟みたいに広げた。

「垢染みたボロを着せやがって！　俺を誰だと思っていやがる。江戸の呉服商、山城屋の門太郎サマだぜ！　絹より粗末な着物なんざ、今まで一度も身につけたことがねぇんだ！」

門太郎はますます憤慨する。

「あっちこっち、ノミやシラミに食われていやがる」

全身の肌を掻きむしる。

「この莚が寝床だと？　屋根は雨漏りし放題、壁はすきま風が通り放題、どこまで虚仮にしやがるんだッ」

門太郎が文句ばかり言っているのはいつものことだ。悪友はニヤニヤしながら寝そべっている。

「辛抱しろよ。この仕事が終わったら、たんまりと礼金がもらえる約束になってるじゃねぇか。前金だって頂戴しただろ」

「もう使っちまったろうが！　文無しでこんな格好をしていたら、ますます気が滅入るんだよ！」

「使ったのはお前の勝手じゃねぇか」

悪友は笑った。その笑顔が癇に障って余計に怒りをかきたてたのだろう。門太郎は憤激しながら立ち上がった。

「もう止めだ！　こんなこと、やってられるかッ。俺は江戸に帰るッ」

「なんだと？」

「もうすぐ吉原の紋日だッ。馴染みの花魁との約束だってある！」

吉原には特別な日があって（紋日と呼ばれている）その日は馴染みの遊女と一緒に過ごさなければならない――それができなければ野暮だと罵られる――そういう風習があった。

悪友は呆れた。

「猿喰様との約束よりも遊女との約束を大事にするのかよ」

「当たり前ぇだろ。吉原で『山城屋の門太郎は花魁を泣かせる薄情者だ』なんて陰口を叩かれたらどうするッ」

飛びだそうとするのを悪友が急いで止めた。戸口のところで追いついて袖を摑んだ。

「勝手に持ち場を離れたりしたら猿喰の旦那に叱られる――いや、叱られるどころじゃねぇや。なにをされるか、わかったもんじゃねぇぞ！」

「侍が恐くて江戸の商人がやってられるかよ！」

「あとちょっとの辛抱じゃねぇか。ちょっとのあいだ辛抱して働けば、金が手に入るんだぜ。損得ってもんを勘定しろ。ここで短気を起こしちゃいけねぇよ」

「親戚の叔父貴みてぇな説教をするんじゃねぇ！　道理だかなんだか知らねぇ

が、そんなもんはもうウンザリだ。聞き飽きたんだよ！」

門太郎は、説教に対しては反発しかしないひねくれ者だ。

「止めたって無駄だッ。俺は出ていくッ。猿喰の旦那によろしくな。あばよ！」

悪友を振り払って小屋を出た。そのまま江戸の方角に向かって、一目散に走っていった。

四

門太郎は山道を走り続けた。満面に汗が滴る。息は激しく上がっている。怯えた様子で何度も後ろを振り返った。

「……どこまでもしつこく追ってきやがるッ」

猿喰が傭った見張りの者に覚られたようで、小屋から逃げだしてすぐに半鐘を打ち鳴らされた。

追手が山の中をやってくる。門太郎には武芸の心得はないが、本能で殺気を感じ取った。相手は本気で殺しにきている。見つかったら殺されるとはっきりわかった。

門太郎は半狂乱になって逃げまわった。江戸育ちで甲斐の山道などまったくわからない。

「いたぞォ！」

追手の声がした。矢が飛んできて目の前の地面にズカッと刺さる。門太郎は悲鳴をあげた。

逃げなければならない。だが足腰はもう限界だ。追手は不逞旗本に率いられた猟師たち、合わせて五人だ。たちまちにして取り囲まれる。逃げ場を失くした門太郎はその場にへたり込んだ。

「見逃してくれッ。金なら、江戸に戻ればいくらでもくれてやるからッ」

旗本が顔をしかめた。

「なんだと」

「俺のおとっつぁんは山城屋吉兵衛だ！　金ならある！　見逃してくれたら一人につき三両ずつやるよ！　だから助けてくれッ」

「呆れた奴！」

「信じてくれねぇのかよ！　本当の話だって！　江戸まで送り届けてくれたらさらに二両を上乗せするからよォ」

旗本が刀を抜いて高く振り上げた。門太郎は悲鳴をあげた。

「礼金は十両！　十両で手を打ってくれ！」

「おのれの命まで売り買いの種にするとは、どこまでも腐り果てた奴だ！」

刀で斬りつけようとした、その時であった。

「待てッ」

藪をかき分けて飛びだしてきた男がいた。旅装の髭面。浪人に変装した村田銕三郎だった。

「この狼藉は何事かッ」

割って入ると門太郎を背後に庇い、眼光鋭く、旗本と猟師たちを睨みつけた。

旗本も睨み返す。

「詮索無用ッ。浪人風情には関わりのなきこと！　立ち去れィ」

「甲州道中は天下の大道だぞ。甲斐国は公儀の直轄地。悪事を見過ごしにはできぬ」

「痴れ者めがッ」

旗本が斬りかかる。村田も刀を抜いてガッチリと受けた。鍔迫り合いでの力比べだ。顔が近い。鼻息も荒く睨みあった。

手代の喜七と水谷弥五郎もヒョッコリと顔を出した。喜七は仰天している。

「斬り合いですよッ、おやめいただかないと！」

「説得や仲裁の通じる相手じゃなさそうだ」

猟師たちも山刀を抜いて村田を襲おうとしている。

水谷は抜刀すると駆け出した。喜七は止めようとして腕を伸ばす。

「ああ、水谷様まで！　なんてことを……」

大乱戦が始まった。喜七は泣きたい気分だ。足元の石塊を摑み取ると敵に向かって投げつけた。せめてもの加勢である。投げつけるたびに「ひいッ、ひいッ」と悲鳴をあげた。

「うおりゃあッ」

村田銕三郎が満身の力を籠めて刀を振り下ろした。不逞旗本の刀が折れた。

「おのれッ、父祖伝来の刀を……！」

旗本は激怒するが折れて短くなった刀では戦えない。

武士がもののふだった戦国時代は遠い昔。名家の刀でも武芸不心得の者が無闇に扱えば折れる。かたや町奉行所の役人たちは、日夜、悪党を相手に斬り結んでいる。実戦経験が違うのだ。まったく勝負にならなかった。

「退けッ、退けッ」

不逞旗本は叫ぶやいなや、身を翻(ひるがえ)して逃げだした。猟師たちは油断なく構えて旗本が逃げる時間を稼いでから藪の中に飛び込んだ。村田は追いかけようとしたが水谷に止められた。

「山道は危険だ。足を踏み外したら谷に落ちるぞ」

村田は悔しそうに鼻息を吹いて刀を鞘に納めた。それから地べたに転がっていた門太郎に声を掛けた。

「お前はいってぇ何者なんだよ。いかなる理由(わけ)があってあいつらに殺されそうになっていたのかよ」

江戸弁である。門太郎は立ち上がった。

「浪人さんたち、ありがとうよ。腕が立つんだなぁ。江戸まで一緒に旅をしてくれたなら、おとっつぁんに頼んでウチの用心棒に傭ってやってもいいぜ。どうだい、江戸まで俺を守っていかねぇか」

ニヤニヤと薄笑いまで浮かべている。村田も水谷も（なんなのだこいつは）と呆れ顔になった。

*

地下坑道の壁には木の板が打ちつけられている。天井は崩落を防ぐため太い梁で支えられていた。

梁を支える柱は等間隔で立てられている。燭台が打ちつけられ、炎が坑内を照らしていた。

季節は冬になろうとしている。だが坑道の中は蒸し暑い。地熱の作用だ。天井から落ちる水滴も温泉である。働く男たちは皆、褌一丁の姿。肌にはネットリと汗が張りついていた。

坑道の奥から拳ほどの大きさの岩が木箱に詰められて運び出されてきた。待ち構えていた男たちが玄翁（金槌）で叩いて砕いていく。岩の中から金色に光る小粒が現われる。丁寧に摘まみ取って、その他の砂利から選別された。

そこへ一人の男が踏み込んできた。坑道を支配する顔役だ。彼だけが着物と法被を着けている。

「猿喰様のお越しずら！　手前ぇたち、無礼があっちゃあなんねぇぞ」

裸体の男の一人が「へぇい」と答えて立ち上がると、「馬鹿野郎ッ」と叱られた。

「仕事の手を休めるんじゃねぇずら！」

蠟燭の炎が揺れる。外の空気が吹き込んできたのだ。猿喰六郎右衛門が姿を現わした。

「金の採掘はどうなっておる。順調か」

猿喰が質すと顔役は「へい」と答えて腰をかがめた。

「どうぞ、ご検分くだせぇ」

箱を差し出す。重箱ほどの大きさで、碁石ほどの大きさの金塊がズッシリと詰められていた。

猿喰は無造作に鷲摑みにした。金の粒を検めて「ふん」と鼻を鳴らした。

「よかろう。住吉屋藤右衛門も満足するであろう」

「へい。よしなにお伝えくださいい」

「だが、本日は金とは別の話があって、やってきた」

「なんでございましょう」

「男手を集めたい。いよいよ総仕上げ、決起の時だ」

「おっ始めるんですかい。腕が鳴るってもんずら」

顔役も俄然、勢い込んでいる。猿喰は質した。

「何人の男を集めることができようか」

「向こう見ずで血気に逸った若い衆なら、この甲斐の国内にいくらでもおるずら。みんな武田様の遺臣ずらよ。信玄公に仕えて戦場を駆けた強者どもの末裔ずら！」

　息せき切って叫んだ後で、親方は急に顰め面になった。

「それが今じゃどういうこったい。甲府勤番の旗本、御家人に苛められ、きつい年貢を搾り取られてる。辛抱だって、そういつまでも続くもんじゃねぇずら！」

　怨念と鬱屈を溜め込んでいるらしい。

「金掘り衆だって同じことずら。甲州金座を潰され、江戸金座の支配を受けるようになってからというもの、良いことなんかひとつもねぇ。江戸の金座に甲斐の金掘りのなにがわかるっていうだ！　好き勝手を許すもんじゃねぇぞ！」

　周りにいた男たちが「そうずら、そうずら」と拳を突き上げて立ち上がった。

　ひとりが叫ぶ。

「やってやるずら！　今度の一挙にオラたちみんなの生き死にがかかっている。いつまでも甲斐の山奥に押し込められていたんじゃたまらねぇ。江戸の金座にひと泡、吹かせてやるずら！」

　別の男たちが続けて叫ぶ。

「江戸金座への怨みを忘れたことなど、一日たりともねぇずら」

「甲州金座の再興のための戦だ！　命を惜しまずに戦うずら！」

「徳川の侍たちに武田遺臣の戦いぶりを見せてやるだに！」

　皆で同意の雄叫びを上げる。

　顔役は力強く頷いた。

「ご覧の通りだ、猿喰様。ご下命とあればこの者たちは父祖伝来の甲冑に身を包み、武田菱の旗を掲げて立ち上がるずら」

「うむ。まことに心強い」

　その時であった。一人の侍が血相を変えて駆け込んできた。

　この場の皆がギョッとなって立ち上がる。手にした工具を武器のように構える者もいた。甲府勤番の役人が捕縛に来たのかと思ったのだ。

　猿喰は腕を広げて皆を制した。

「案ずるな。拙者の味方だ。佐久間、どうしたのだ」

　佐久間は満面に汗をかいている。脛衣（脛に巻く布）や草鞋も土で汚れていた。遠くから駆けつけてきたらしい。

「旗振りに備った者が小屋から逃げ出したッ」

「なんだと。よもや逃しはするまいな。討ち取ったのであろうな」

「討ち取る寸前で邪魔が入った！　身柄を押さえられてしまった！」

「相手は何者だッ」

「江戸から来た旅の一行だ。商人の老夫婦に手代一人と浪人者が二人、従っている」

三国屋徳右衛門たち一行のことである。大井御前は商人の内儀に見えたらしい。

「峠の見張り台に、商人の顔を見知っていた者がおって、その者が申すには、三国屋の主人、徳右衛門だと……」

「なにぃ！」

さしもの猿喰も顔色を変えた。

金山の顔役も焦りを隠せない。

「三国屋徳右衛門といえば、住吉屋藤右衛門様の商売敵ではねぇずらか？」

「そうだ。我らの敵と心得よ！」

顔役が緊張して身を震わせる。

「まさか、俺たちのやってることを調べに来たんじゃ……？」

「その恐れは大いにある」

金掘り衆の顔つきも変わった。

「生かして江戸に帰すもんじゃねぇずら！」

「ぶっちめてやるずらよ！」

坑道の出口に向かって走り出す。猿喰も佐久間に向かって言う。

「我らも行くぞ。同志を集めよ」

現況に不平を託った不逞旗本たちを何人も仲間に引き込んでいる。

外では誰かが半鐘を打ち鳴らしていた。人を集める合図であろう。

＊

「姫様、こちらです」

庭に植えられた木の陰に身を隠しながら進む。美鈴は真琴姫の手を握っていた。

朝である。周囲は明るい。これから姫様に江戸見物をしていただくのだ。夜の遊里に連れていくのではない。明るい中を抜け出さねばならない。

「隠れてください。けっして声を出さぬように」

巡回の武士がやってくる。美鈴は真琴姫を生け垣の後ろに押し込んだ。屈み込んだ二人の目の前を武士の足が通りすぎていく。どうやら見つからずにすんだようだ。思わず安堵(あんど)の息が洩(も)れた。

身を低くして進み、抜け穴の出入り口になっている井戸に到着した。覗き込むと梯子(はしご)が見えた。

(卯之吉様は毎晩ここから抜け出して、江戸の遊里で遊び呆けているのですね)

美鈴の気も知らずに。とんでもない男だ。

美鈴は姫の尻を押して井桁(いげた)を乗り越えさせた。姫は梯子を伝って下りていく。

次の巡回が近づいてきた。美鈴も急いで井戸にもぐりこんだ。

井戸の底では真琴姫が着物の胸を押さえていた。

「ああ怖かった。心ノ臓が張り裂けそうです」

そう言いながらも表情は明るい。

「わたしもです」

美鈴の鼓動も高鳴っている。人目を盗んで遊びに行く、というのは、こんなにも楽しく興奮させられるものだったのか。

（卯之吉様が夢中になるのもわかる……）

美鈴はそう思った。今の思いを卯之吉に告げたなら卯之吉はニヤーッと笑って、

「美鈴様も立派な放蕩者ですねぇ」

などと皮肉を（本人は皮肉だと思っていないが）言うに違いないのだ。そう思うと無性に悔しい。

美鈴と真琴姫は横穴を通って屋敷の外に出た。

江戸三座の歌舞伎小屋、中村座と市村座は二丁町にあった。大勢の観客たちが集まっている。着飾った老若男女だ。芝居見物は社交場でもあった。

真琴姫は目を丸くさせている。

「なんじゃ、この人出は。今日は縁日か？」

かつて幸千代もまったく同じことを言っていた。美鈴はなにやらおかしくなった。

安い観劇料の席には鼠木戸で銭を払って入るが、高級な席には芝居茶屋から入

る。芝居茶屋とは劇場に隣接して建つ料亭のことで、芝居小屋と同じ人物（座元）が経営していた。まずは芝居茶屋の座敷に入って、それから劇場の席に案内されるのだ。

座敷では菊野が待っていた。真琴姫が着座するのを待って、平伏していた顔を上げた。

「姫様、ようこそお渡りくださいました」

「あっ、そなたは」

真琴姫が江戸入りした際、菊野も小太刀(こだち)を手にして奮戦した。菊野の機転で真琴姫は暗殺者の魔の手から逃れることができたのだ。

「あの時は世話になりました」

「ご無事の江戸入り、何よりでございます。本日は手前が芝居見物の案内をさせていただきます」

深川の芸者ともなれば、流行り物には通じている。芝居の筋書きや役者の評判など、なんでもござれだ。

役者の由利之丞もやってきた。江戸の歌舞伎の上演時間は長い。早朝から夕方まで演じ続けられることもあった。役者たちは、出番のない時間帯には贔屓(ひいき)の客の歓待に努めた。

真琴姫の前に膳が並べられる。由利之丞は素晴らしいご贔屓がついたと大喜びだ。お酌をしながら、

「オイラの出場はもうすぐさ。必ず見てやっておくんなさいよ」

などと念押しをした。客たちは芝居茶屋での飲み食い、談笑に夢中になって、端役の役者の出番を無視することも多かったのだ。

「きっと後世の語り種になるよ。江戸の看板役者、由利之丞の出世作を見たんだって、孫子の代まで自慢できるようになるからさ」

由利之丞の自信は姫様の前でも揺らぐことがない。姫も笑顔で返した。

「それは楽しみなことです」

由利之丞のことを本当にすごい役者だと勘違いしたのかもしれなかった。

由利之丞は楽屋に戻っていく。

菊野は真琴姫を誘った。

「それでは席に移りましょうか」

渡り廊下を通って芝居小屋に向かう。二階から舞台を見下ろす上桟敷という席に入った。華やかな舞台を照らす明かりが艶やかに見える。着飾った女形と若衆

役者たちが紅葉の枝を手にして舞い踊っていた。

「まぁ！」

真琴姫は歓声を上げた。姫様であろうと若い娘。一目で心を奪われたらしい。

生気を取り戻した真琴姫を見て、菊野と美鈴は頷き交わした。

（さすがは菊野さんだ）

美鈴は感心しきりである。

銀八が桟敷に入ってきた。

「これは姫様、いつもながらお美しい。まるで本物のお姫様みてぇでげすよ！」

それはまぁ、本物のお姫様だからな、と、皆が思ったけれども黙っている。銀八の場違いなヨイショはますます冴え渡っている。

「花に例えれば吉野の桜。天の星なら織り姫星。さて、もうお一方、本日のお座敷には彦星様をご案内しているでげす。さぁ旦那、お入りくだせぇ！」

黒巻羽織姿の同心が入ってきた。

真琴姫がハッとなった。

「幸千代様！」

幸千代は「うむ」と頷き返す。銀八が「ささ、こちらへどうぞお座りを」と、幇間の仕種で着席を勧めた。幸千代と真琴姫が並んで座る。

菊野は（これでよし）とばかりに頷いた。美鈴は思わず目頭が熱くなった。

舞台に由利之丞が登場する。さしもの大根役者も場数を踏めば技量が上がる。芝居が板についてきたようだ。

「いよっ、由利之丞！」

銀八が声を上げた。真琴姫と幸千代は微笑みながら見守っている。

五

芝居小屋は舞台の正面に〝平土間〟と呼ばれる観劇料金の安い席がある。大向こうとも呼ばれ、毎日芝居を見に来る数寄者（マニア）はここに陣取る。大向こうを唸らせるようになれば役者や戯作者も一流だ。

平土間の席をコの字に囲んで桟敷席がある。ことに東の上桟敷の格が高く、席料も高い。その東上桟敷に今、御簾がスルスルと下ろされた。

御簾は目隠しだ。他の客から覗かれないように設置される。御簾の内側からだと明るい舞台がよく見える。

銀八が御簾に気づいた。

「おや。どなた様がお越しになるのでしょうねぇ。もしかすると大奥のお女中かも知れませんでげすよ」

幸千代も真琴姫も、他の客のことなどどうでも良い。幸せな時間に浸っている。


その桟敷席に商人たちが大勢で入ってきた。皆、蕩けそうな笑顔だ。全員が江戸で有数の豪商たちである。だが今日だけは幇間のように振る舞っている。

「ささ、呑龍先生、どうぞこちらへ」

易者の呑龍が入ってきた。細いヒゲをしごきながらもったいをつけた態度だ。商人が敷いてくれた座布団の上に座った。

商人たちは呑龍に杯を持たせ、銚釐の口を向けて酌を競う。壱岐屋久兵衛が皆の思いを代表して言った。

「先生の千里眼のお陰を持ちまして、米相場で千金、万金を稼ぐことが叶いました！　手前どもの店が潰れずに済んだのは先生のお陰でございます！」

商人たちが一斉に頷く。

「先生のご指導に従っていれば相場商いでは負け知らず！　安値で買った米切手

を高値で売ることが叶います」

「まことに呑龍大明神様でございますよ！」

「この席は手前どもよりのほんの御礼。存分にお楽しみくださいませ」

商人たちのおべっかは続く。呑龍は満足そうに杯を呷った。

そこへ住吉屋藤右衛門がやってきた。

「皆様、お集まりですね」

藤右衛門が座ると商人たちは一斉に、藤右衛門に向かってお辞儀をした。壱岐屋久兵衛が言う。

「住吉屋さんにも御礼を申さねばなりません。呑龍先生に引き合わせてくれたお陰で、あたしたちは救われました！」

商人たちは大きく頷いた。

住吉屋藤右衛門は笑顔で答える。

「皆様にそこまで喜んでいただければ本望です。商人というものは、相手に喜んでいただくことがなにより一番の大事だと心得ておりますからねぇ……」

「まさに仁（じん）の商い！　住吉屋さんこそが江戸一番の商人と呼ばれるに相応（ふさわ）しいお人ですよ！」

商人たちは揃って感極まっている。

「住吉屋さんが米問屋の行司をお望みなら、手前どもは一丸となって推挙させていただきますよ！」

「両替商の肝入りがお望みなら、喜んで尽力させていただきます」

藤右衛門は鷹揚な笑顔で頷き返した。

その時、「されど住吉屋……」と冷やかな声で水を注した者がいた。呑龍だ。

「米の値上がりがこうまで進めば、商人たちは誰も米切手を手放すまい。そなたたちの儲けは米切手を買い求めねば始まらぬ。これからは、どうやって米切手を手に入れるつもりか」

「さすがは呑龍先生でございます。そのご懸念はごもっとも」

なにやらこの遣り取り、芝居がかって聞こえる。商人たちが平静な精神状態であったなら、呑龍と住吉屋は示し合わせて喋っているのではないか、と気づいたはずだが今はその余裕もない。

呑龍に救われた商人、壱岐屋久兵衛が憂鬱そうな顔となる。

「確かに呑龍先生の仰る通りでございます。米が値下がりをする理由がない。となれば米切手を遣っちゃうお人は出てこない……。これからどうやって米切手を手に入れればよいものやら」

　商人たちは揃って困り顔となった。良い思案は浮かんでこない。

　一人、住吉屋藤右衛門だけが笑顔のままだ。

「皆さん、案じるには及びませぬよ。手前には強い後ろ楯がついているのです」

「後ろ楯とは、どちら様のことですかね」

　首を傾げた壱岐屋久兵衛に藤右衛門はニヤリと悪相の笑顔を向けた。

「ちょうど、おみ足をお運びになられたようです」

　豪奢な長い打掛（うちかけ）をまとった美女が踏み込んできた。人形のように整った美貌をツンと上に向けている。藤右衛門が紹介する。

「大奥御中臈、富士島ノ局様にございます」

　商人たちは仰天してその場に平伏した。富士島はお付きの女中を従えながら席に進んで座る。着物の裾の乱れは女中が直した。

「妾が富士島じゃ。者ども、面（おもて）を上げりゃ」

　商人たちは「ははっ」と答えて上半身をわずかに上げたが、顔は伏せたままだ。大奥中臈は若年寄と同格の身分。若年寄は老中の一階級下だから、とてつもない上級役人なのである。

しかも富士島ノ局は上様のご寵愛を一身に集めている。富士島の機嫌を損ねたなら、どんな悪口を将軍の耳に吹き込まれるかもわからない。

住吉屋藤右衛門が皆に向かって説明する。

「米切手を発給する大元がどなたかといえば、それは、お大名様方の御蔵屋敷にございます」

米切手には発給元の大名家の印が押してある。

大名家は領内で徴収した年貢米を江戸や大坂に運んで蔵屋敷に収蔵する。そして米切手を為替として売りに出す。米切手を買った商人は、その紙切れ一枚を蔵屋敷まで持っていけば、米の現物を渡してもらえる。

藤右衛門の説明は続く。

「全国のお大名様方は、皆、上様のご家来にございます。上様のご命令に逆らうことはできませぬ」

富士島が続ける。

「妾が上様のご下命を諸大名の蔵屋敷に伝えようぞ。〝米切手は住吉屋藤右衛門とその仲間たちに率先して売るように〟とな」

「さすれば我々は、米切手を誰よりも先に買い求めることができるのでございます」

住吉屋藤右衛門と富士島の父娘は、したり顔を見合わせて頷きあった。

商人たちは「おおおッ」とどよめいた。

「米相場は住吉屋さんの手中に落ちたも同然にございまするな！」

「手前どもは、店じまいの危機から一転して、天下の豪商に成り上がることが叶いますぞ！」

「お局様、なにとぞ我らをお導きくださいませッ」

畳に額を擦りつけた格好で商人たちは顔も上げない。

藤右衛門は皆に向かって手のひらを向けて「まあまあ」と言った。

「富士島のお局様はお忍びでの御来駕（ごらいが）にございます。そのように畏まられてはかえってご迷惑にございましょう」

富士島も冷やかに言う。

「せっかくの芝居見物じゃぞ。無粋な物腰をされたのでは興を削ぐ。皆も、もそっと気楽に楽しむが良かろうぞ」

「ははっ、それでは皆で盛り上がりましょう！　お局様にお楽しみいただくことが第一でございます」

壱岐屋久兵衛が引き攣った笑顔を浮かべて富士島に擦り寄る。

「ささ、ご一献お受けくださいませ。最上の下り酒をご用意させていただきました」

銚釐を向ける。富士島は微笑んで受けつつも、チクリと皮肉も忘れない。

「そなたのような老体よりも、若くて綺麗な役者の酌を受けたいものじゃな」

「これはとんだ不調法をいたしました！」

壱岐屋は白髪頭を自分で叩いた。皆が愛想で笑い声を上げた。


出番を終えて楽屋に戻った由利之丞のところへ座元が血相を変えてやってきた。座元は芝居小屋の経営者である。千両役者でさえ『座元様』と敬称をつけて呼ぶほどに偉い。そんな男が額に汗まで浮かべている。

「由利之丞！　東の上桟敷から〝お呼び〟がかかったよ」

客に呼ばれた役者は客とお喋りをしたりお酌をしたりして持てなす。桟敷席に何回呼ばれるか、その回数も役者の評価と出演料に加算された。

「えっ、オイラにですかい？」

「そうだよ。お相手は大奥のお局様だ」

「えええっ」

「お前にとっちゃあ一世一代の名誉だろうよ。不始末は絶対に許さないからね！　さぁ、早くお行きッ」

座元も度を失っているが由利之丞も仰天している。

しかしそこは自信過剰な由利之丞だ。

「ようやくオイラにも陽があたりだしたってことだな」

喜び勇んで東の上桟敷へ向かった。


「由利之丞と申すか。なかなかの舞台であったぞ。褒めてつかわす」

「へ、へへーっ」

「そのように畏まれてはつまらぬ。妾も、元はといえば江戸の町娘じゃ。芝居好きのお転婆娘であった。気を楽にいたすがよい」

由利之丞は着飾った姿でお酌をする。その間にも芝居は続いている。舞台から華やかな歌と音曲が聞こえていた。

富士島は目を舞台に向けている。

「本当に楽しい。……江戸城の御殿は上様のご病気で陰気に静まり返っておる。

大奥では鼻唄すらも許されぬのじゃ。息が詰まってならぬ」

住吉屋藤右衛門が、実父であるのに、幇間のような笑顔を浮かべた。

「上様のご病気平癒のためには、江戸中の大寺院によるご祈禱が欠かせませぬ。御代参の折には、お局様のお骨休めのお手伝いをさせていただきまする」

寺院での加持祈禱に際しては大奥から人が派遣される。その帰り道で芝居見物などの遊興をするのだ。将軍への愛情など、本当は欠片も持ち合わせていないということが窺い知れた。

由利之丞にも理解できたが、

(芝居小屋に金が落ちて、オイラをご贔屓にしてくれるってのなら、それでいいや)

などと割り切っている。将軍家は雲の上の存在だ。庶民風情が気に病むほうがおかしい。

富士島はかなりの酒豪であった。由利之丞は続けざまに酌をした。

ところが、酒杯を呷っていた富士島の手が突然に止まった。「むむっ」と唸り声まであげたのだ。なにか粗相があったのか、と由利之丞は不安になる。

「いかがなさいました、お局様」

由利之丞に問われた富士島は、西の上桟敷、つまり、平土間の席を挟んで反対側の席を凝視して言った。

「あの席に座っておるのは……」

驚きのあまり喉を詰まらせている。由利之丞もその席に目を向けた。そして思わず叫び声を上げそうになった。

（若君様だ！　若君様が見つかっちまった！）

黒巻羽織姿の同心が座っている。幕府でどんな政争が起こっているのかはわからない。わからないけれども、この場は誤魔化さなければいけないぞ、と、察した。

「あちらの御方は、み、南町の八巻様っていう、同心様でございます……」

富士島の美貌がますます険しくなっていく。

「南町の同心じゃと？　いいや違うぞ。それは変装であろう。妾は彼の者を良く見知っておる。なにゆえに同心などに扮しておるのか」

由利之丞はますますうろたえた。

「あのぅ、そのぅ、きっと深い事情があるんじゃないかなぁ、と……」

富士島がフンと鼻先を鳴らした。

「御殿を抜け出しての芝居見物か」

由利之丞は富士島の顔をそっと覗き込む。そして恐怖に身震いをした。

(腹の中で悪事を考えているお顔だよ……)

富士島は住吉屋藤右衛門を手招きした。そしてなにやら小声で密談を始める。住吉屋藤右衛門が驚いた様子で向こう側の桟敷を見た。

「若君様だと。お前それは本当かい？」

「闇討ちを仕掛ける好機だよ、おとっつぁん」

などと不穏な会話が聞こえてきた。

*

三国屋徳右衛門と大井御前、喜七、村田銕三郎、水谷弥五郎の一行は甲府に向かって旅をしている。健脚揃いだ。ひとり門太郎だけが辟易(へきえき)とした様子でついてきた。

喜七は空を見上げる。方位磁石を出して見比べると太陽は真南に位置していた。ちょうど正午だ。

「ここらで昼餉(ひるげ)にいたしましょう」

開けた場所に腰を下ろし、おのおのが背負ってきた打飼（背中に斜めに掛ける弁当袋）を広げてにぎり飯など頬張り始めた。

食事が終わると村田銕三郎はちょっと離れた場所で立ち小便だ。大井御前も立ち上がって藪の中に入っていく。

門太郎が皆に話しかけてきた。

「なぁ、江戸に帰るんじゃねぇのかよ」

不貞腐れきった顔と口調だ。徳右衛門がビシッと答える。

「わたしたちの行く先は甲斐の国内ですよ」

「ええーっ。江戸に向かってくんねぇかなぁ。一緒に江戸まで旅してくれたら礼金はたんまりと弾むぜ。なぁ爺さんよォ、あんたも商人だろ？　呉服商の山城屋と商いをしたくねぇか？　用心棒たちに守らせながら、俺を山城屋まで連れてってくれたら、親父に引き合わせてやるからよォ」

徳右衛門はまったく相手にしない。

「困った総領息子だ。山城屋さんの先行きが案じられますよ」

それについては同感だが、しかし、三国屋の卯之吉はもっと困った男で、三国屋の先行きのほうがもっと案じられる。と、水谷弥五郎は思ったのだけれど黙っていた。

　喜七が門太郎に言い聞かせている。

「遠い江戸まで逃げるより、甲府の代官所に逃げ込んだほうが早いですよ。甲府のお役人様を頼りましょう」

「俺は江戸に帰ぇりてぇんだよ……。馴染みの花魁と、しっぽり一献傾けてぇんだ。もう何日も顔を合わせていねぇんだよ」

「静かにしろ」

　水谷が低い声で言った。

「こうしている間にも花魁が他の野郎と――」

「静かにしろと言っている！」

　水谷は鋭い目を四方の山林に向けている。ようやく門太郎も事態を察した。

「……く、曲者が来たのかよ？」

　水谷は頷きながら刀を引き寄せた。

「大勢が木立の中をやってくるぞ。喜七、大井御前様を探してこいッ」

「へいっ」

　喜七は藪の中に入っていく。村田銕三郎が戻ってきた。こちらも剣呑な気配を察していた。

「敵の襲来か」

「そのようだ」

村田と水谷は素早く襷がけして袖を絞る。腰の刀の柄袋を外して抜刀しやすいように差し直した。

門太郎は震え上がっている。腰が抜けて立つこともできないようだ。両手を合わせて二人を拝んだ。

「どうか俺を助けてやっておくんなせぇ」

水谷は冷たい。

「拙者を雇ったのはお前ではない。お前の面倒までは、見切れぬ」

三国屋徳右衛門がやってきた。

「いえいえ。こちらのお命も守っていただきたい。なにやら重大なことを知ってるようだ」

門太郎は首を横に振った。

「俺は、なにも知っちゃいねぇよ」

「いえいえ。なにかの大事に関わっているはずだよ。そうでなかったら、こうまでしつこく命を狙われることはないからね」

「うわっ、来やがった！」

門太郎が腰を抜かしたまま指差した。黒覆面の曲者たちが二十人ばかり、木立の中から走り出てきたのだ。皆、手には刀や山刀、槍などを握っていた。

すかさず水谷弥五郎と村田銕三郎が前に出た。二人ともすでに刀を抜いている。

曲者たちは大きく広がって包囲しようとしてくる。村田銕三郎は鋭い眼光を左右に向けた。

「武士は六人、他は猟師か樵のようだ」

率いているのは猿喰六郎右衛門だ。が、三国屋一行は当然にその名を知らない。

水谷も敵勢を睨みつけている。

「武士は剣術を使ってくる。だが猟師や樵はどんな技を使ってくるかわからぬぞ。槍で熊をも仕留める連中だ。油断するな！」

覆面の武士が凄まじい雄叫びを上げて斬りつけてきた。村田は刀でガッチリ受ける。歯を食いしばり唸り声を上げて力一杯に押し返した。

　水谷も左右から斬りかかられた。体をさばき、駆け回りながら応戦する。その足元を、頭を抱えて震え上がった門太郎が逃げ回った。

「キエェッ！」

　侍が上段から斬りつけてきた。水谷は大刀で打ち払う。そこへ真横から猟師が槍で突いてきた。

「ムッ！」

　水谷は身を翻すと大刀を振り下ろす。突き出されていた槍の柄がズカッと斬って落とされた。凄まじい豪腕だ。猟師は〝ただの木の棒になってしまった槍〟を手にしてうろたえた。


　少し離れた藪の中では大井御前と喜七が身を潜めている。

「ああ、どうしたものでしょう。大旦那様が危ない」

　喜七は動揺するばかりだ。飛びだしていく勇気は出ない。大井御前は喜七に質した。

「そなたは戦えるのですか？」

「滅相もない」

即座に首を横に振る。

「七つの時に丁稚奉公にあがってよりこのかた、商い一筋で生きてまいりました。ただの一度たりとも、人様を蹴ったり殴ったりしたことなど、ございませぬ」

喜七は唇を尖らせた。

「算盤(そろばん)の腕は、おおいに頼りにされておりますよ」

「頼りにならぬな！」

村田銕三郎と水谷弥五郎は奮戦している。ふたりとも剣の腕は確かだ。だが、多勢に無勢。不逞旗本と猟師に取り囲まれて苦戦の色は隠せない。次第に追い込まれていく。

その時であった。三国屋徳右衛門が「ぐふふふ……」と不気味な笑い声を漏らした。

「皆様、そこを動いてはなりませぬぞ！」

懐から短筒(たんづつ)を取り出し、銃口を旗本たちに向けた。

旗本たちは動揺した。

「おのれ！　飛び道具とは卑怯な！」

徳右衛門はますます勝ち誇った笑みを浮かべた。

「お刀をお捨てくださいませ。さもないと、お身体に風穴が開きますするぞ」

その時であった。猿喰六郎右衛門が腰帯の扇子をサッと抜いて、徳右衛門目掛けて投げつけた。短筒を握った腕に見事に当たる。

「あっ！」

激痛に呻いて撃った弾は大きく外れた。猿喰はすかさず踏み込んで刀を一閃、徳右衛門の手から短筒を叩き落とした。

刀をグイッと、徳右衛門の首筋に突きつける。徳右衛門は身動きできない。

猿喰は村田と水谷に向かって怒鳴る。

「この男がどうなっても良いのかッ。刀を捨てろ！」

水谷弥五郎は「仕方がない」と言って刀を地面に捨てた。村田は歯嚙みしていたが、ついに刀を放り投げた。

「縄を掛けよ！」

猿喰が猟師たちに命じる。徳右衛門、村田、水谷、門太郎の四人は身体を縄で縛られた。

その様子を喜七と大井御前が見守っている。

「あぁあ、旦那様が、どこかに連れられていってしまいます……！」

「落ち着くのじゃ。お前まで見つかってしまったなら、かの者たちを救う手立てがなくなろうぞ」

「手立てなんてもんが、あるのでございますか」

大井御前は答えない。厳しい顔つきで何事かを考えている。

六

掘割を静かに舟が進んでいく。楽しい江戸見物も終わった。すでに夜だ。町家の明かりが水面を静かに照らしていた。

舟には幸千代と真琴姫が乗っている。棹は銀八が操っていた。舳先には美鈴が座り、舟の進む先を見張っていた。

真琴姫はうっとりと目を潤ませている。最愛の男と一緒に芝居を満喫した。夢心地だ。

「さぁ、着いたでげすよ」

舟は本多家下屋敷の近くに泊められる。例の抜け穴の近くだ。銀八は桟橋に飛び移って舫綱を杭に縛りつけた。美鈴も舟を下りる。先に陸にあがって周囲を警戒する。

幸千代も無言で立ち上がろうとした。すると真琴姫が「お待ちを」と止めた。

真琴姫はすがりつくような目を向けた。

「お屋敷には……これより一緒に……お戻り下さるのでしょうか」

掘割に沿って本多家下屋敷の塀が長く延びている。その奥には、本来ならば二人がともに暮らすべき御殿があった。

幸千代の眉根がわずかに曇った。

「帰れぬ」

「なにゆえにございましょうか」

幸千代は一瞬、口ごもった。そうしてから答えた。

「わしには同心の役儀があるのだ」

「そのようなことは町方役人に任せておけばよろしいではございませぬか」

幸千代は何事か、迷いを見せた後で言った。

「そなたは、わしとともにおらぬほうが良いのだ」

「なにゆえにございましょう！」

「知っての通りに、このわしはいつでも命を狙われておる。わしのそばにおれば、きっとそなたの身にも危険が及ぶ。曲者がこの屋敷に攻め寄せてきたとしよう。わしには剣の腕がある。我が身のみならば、自分の力で守ることもできよう。だが、そなたの身を守りきることができるかどうか、わからぬ。そなたが常にわしのそばにおるとは限らぬからだ」

幸千代の表情が憂悶に沈む。

「わしは子供の頃から多くの者たちの死を見てきた。頼む。もうこれ以上、わしを悲しませないでくれ。わしのことは忘れて甲斐に帰るのじゃ。さすれば、そなただけは死なずに済むのだ」

「妾の身ならば案ずるには及びませぬ。おそばにいとうございます」

「そなたには武芸の心得はない。曲者が襲ってきたなら――」

「美鈴が護ってくれまする！」

「美鈴か……」

その美鈴は少し離れた場所に立っている。周囲の闇への警戒を続けている。

幸千代は首を横に振った。

「美鈴は、ならぬ」

「なにゆえ！」

「あの者は、八巻のもとに返してやれ」

真琴姫はハッとして息を飲んだ。幸千代は『話は終わった』という顔つきで舟を降りようとした。真琴姫も唇を嚙んで立ち上がった。

舟を押さえているのは銀八である。素人船頭だ。二人が同時に立ち上がったことで舟が大きく揺れた。

「あっ」

真琴姫がよろめく。幸千代が咄嗟に腕を伸ばして抱き留めた。

真琴姫の呼吸が止まった。頰を幸千代の胸に押しつけて、静かに涙を流した。

＊

闇の中を黒覆面の男たちが駆けていく。総勢で十人ばかりの不逞旗本。富士島ノ局の密命を受けた者たちだ。

通りの向こうからも似たような旗本たちが走ってきた。路地で合流する。

「幸千代君を見つけ出せ！　幸千代君は町方同心に扮して出歩いておるとのこと

だ！」

頭目格の男が言う。不逞旗本たちは大きく頷きあった。

「同心の格好とは、わかりやすい」

黒巻羽織で腰には朱房（しゅぶさ）の十手を差している。やたらと目立つ。他の職業の者たちと見間違える心配もない。

旗本たちは闇の中を駆けてゆく。

＊

真琴姫は美鈴に連れられて抜け穴に入った。御殿へと戻っていく。その姿を幸千代と銀八が見送った。

幸千代は銀八に向かって言う。

「わしは一人で帰る」

「へっ？　だけどあっしは同心様の小者でげすから、どこまでもお供しねぇといけねぇんでげすが」

「一人にしておいてくれ」

幸千代は歩きだした。その後ろ姿には厳しい拒絶の色があった。

銀八には声がかけられない。

幸千代は八丁堀の役宅に向かって歩いた。すると道の先から捕り方の一団が駆け寄ってきた。

先頭をきっているのは尾上伸平だ。村田銕三郎が留守なので捕り方の指揮を任されたらしい。幸千代を見つけると大声で叫んだ。

「捕り物出役だ！　丑寅ノ段蔵と一味の隠れ場所が知れたのだッ。お前ぇもついてこいッ」

近頃の江戸で悪名の高い盗賊である。もちろん幸千代に否やはない。キッと目を据えて闘志を漲らせた。一緒になって走り出した。

本多家下屋敷近くの掘割。枯れ葦が夜風を受けて揺れている。銀八は一人でぼんやりと佇んでいた。

「若君様はお一人で行っちまったでげす。オイラはどうしたもんかなぁ」

などと呟いていた時、背後の草むらがガサッと揺れた。

卯之吉が抜け穴からヒョッコリと顔を出した。

「ああ！　若旦那ッ、びっくりしたでげすよ」

「こっちも驚いたよ。どういうわけでお前がこんな所にいるのかねぇ」

「若旦那のほうは、まぁた御殿を抜け出してきたんでげすか」

卯之吉は黒巻羽織姿だ。ニコニコと笑っている。

「源さんとの約束があってね。久しぶりに菊野さんのお座敷で飲み交わすのさ」

「なぁにが久しぶりでげすか。一昨日の晩、宴を張ったばかりでしょうに」

「おや、そうだったかねぇ。まあいいさ。早く行こうよ。お屋敷の周りは町奉行所のお役人様が見張っているからね。見咎められたら大変なのさ」

「同心様のお姿をしていて、しかも旦那は本当に同心様なんでげすから、何も困ったことにゃあならねぇでしょう。御殿から抜け出してきたとは誰も思わねぇでげす。八巻の旦那が見回りしてるんだと思い違いをされるだけでげすよ」

「ほら、掘割の向こうに玉木さんがいるよ。今夜は玉木さんが見回りの当番らしいね。呼び止められないうちに離れよう」

提灯を手にした玉木がブラブラと歩いている。捕り物出役の報せは届いていないようだ。あるいは悪党退治よりも幸千代の暮らす屋敷の警固のほうが重要だと判断されたのかもしれない。

＊

「おい、水谷、起きろ！」

揺さぶられて水谷弥五郎は目を覚ました。暗い洞窟の中だ。天井を支える柱に燭台が打ちつけられ、蠟燭の炎が揺れていた。

上半身を縄で雁字搦めにされていた。芋虫みたいに転がされていたのだ。村田銕三郎も縛られている。

三国屋徳右衛門を人質に取られた二人は、腰の刀を奪われ、さらに後頭部を殴られて気を失った。そして今、地の底の坑道で目覚めた。

水谷は首だけ起こして村田銕三郎の様子を確かめる。

「よく無事だったな」

「お前の目には無事に見えるのか、これが」

村田はいつものように激怒している。

水谷は周囲に目を向けた。

「俺の雇い主、三国屋の旦那はどこだ？」

「三国屋と門太郎は別の所へ連れてゆかれたぞ。大井御前と喜七の姿もない」

「なんたることか」

「嘆いておる暇はない。縄を切ってここから抜け出すのだ」

「どうやって」

「俺の髷を結ってある元結(もとゆい)だが、鉄粉を糊で固めてある」

「なんのためにそんなことを？」

「鑢(やすり)として使うためだ」

村田銕三郎は頭をグイッと突き出してきた。水谷は後ろ手に縛られていたが、苦労して身をくねらせて村田の元結を解いた。

「俺の身体を縛る縄に通せ。何度も擦れ。縄が切れるまで擦り続けるのだ」

水谷弥五郎は言われた通りにした。なにしろ背中で両手を縛られているので上手くゆかないが、どうにか縄に元結の紐(ひも)を通すことができた。身体全体を左右に揺らして縄を切断しようと試みる。

闇の中で二人の男が芋虫のようにもがく様子は滑稽だが、二人は真剣そのものであった。

＊

卯之吉は若旦那の姿となって深川の料理茶屋の座敷に座った。

同じ座敷に源之丞と菊野がいる。銀八も控えていた。

表道を大勢が走っていく。そういう喧騒が聞こえた。源之丞は顔を向けた。

「なんだ、騒々しいな」

菊野が答える。

「南町奉行所の捕り物ですよ。丑寅ノ段蔵の隠れ家がわかったとかで、近くの番屋の衆にまでお出役の指図が下ったんです」

「段蔵？　徒党を組んで荒し回ってた盗っ人か。まったく近頃の江戸は物騒だ」

「不景気で仕事がなくなって食い詰めると、悪事に手を染める人も出てきますからねぇ」

源之丞は卯之吉に顔を向ける。

「お前ぇさんは行かなくてもいいのかい。黒羽織の着替えも持ってきてるんだろう」

卯之吉は、のほほんと構えている。

「あたしの今のお役は若君様の替え玉ですもの。将軍家の若君様が捕り物に顔を出したらおかしいでしょう」

「その若君様のほうは、どうなってんだい」

「同心様のお姿で、お出役をなさってるんじゃないですかねぇ」

「まったく、わけがわからねぇ」

源之丞は呆れた。卯之吉は杯の美酒をクイッと飲んだ。

「同心の八巻様が二人も顔を出してしまったら、みんな仰天してしまいますよ。あたしはここで大人しくしています。さぁて、今宵も派手にやりましょう！」

芸者たちが伴奏を始める。卯之吉はスラリと立つと、気の向くままに踊りだした。源之丞はますます呆れた。

「これを〃大人しくしている〃っていうのか」

卯之吉の夜はますます楽しく更けていく。

＊

卯之吉はほろ酔い加減で夜道を歩いている。提灯を手にしているのは銀八だ。

「若旦那にしちゃあ、珍しく早めのお帰りでげすねぇ」

「明日は大事な蘭学の御進講があるからねぇ」

そう言ってから卯之吉は「ふふふ」と笑った。

「それにさ、源さんと菊野さんを、二人きりにさせてあげたいじゃないか」

「ははぁ、そういうことでげしたか」

銀八は幇間なのにまったく野暮天で、恋愛の機微に鈍感だ。

二人は掘割沿いの抜け穴に向かう。と、その時であった。荒々しい足音が近づいてきた。卯之吉はヒョイと首を伸ばした。

「おや、なんだろう。騒々しいね」

銀八も呑気に首を傾げている。

「何事でげしょうねぇ」

などと言っているうちに黒覆面の武士たちに取り囲まれた。刀を突きつけられてからようやく事態を察した卯之吉と銀八が悲鳴をあげる。震え上がって互いに抱きついた。

曲者の一人が眼光鋭く質してくる。

「幸千代君にございまするな」

卯之吉は答える。

「ちょっとした出来心で御殿を抜け出してきただけですよ。皆さんがそんなにお怒りなのでしたら、すぐに寝所に戻りますから」

とぼけた返事をしたが、相手の目は血走ったままだ。

「我らにご同道を願いまする！」

「えっ、なんでですかね？」

抜き身の刀を突きつけられた。銀八が囁く。

「こ、ここは、言われた通りにしといたほうが良さそうでげすよ……！」

それにである。抵抗したくとも、二人には抵抗の手段も武芸もない。

掘割には舟があった。乗るように命じられる。

「おいッ、そこでなにをしておるッ」

対岸で声を上げたのは同心の玉木であった。しかし橋が架かっていないのでこちらには渡ってこられない。卯之吉は脅されて舟に乗った。武士の一人が棹を差して舟を出す。掘割の流れに乗って速度が上がった。

「そこの舟、待て！　待てと申すにッ」

玉木は慌てふためいている。舟は悠然と漕ぎ去った。岸辺の武士たちも闇の中へと姿を消した。

＊

細くて狭い路地を黒巻羽織姿の同心――幸千代が進んでいく。その背後には六尺棒を構えた捕り方が続いた。

なんとも怪しげな陋巷（ろうこう）（スラム街）である。どこからともなく男の罵声（ばせい）や笑い声、女の悲鳴が聞こえてきた。幸千代は臆することなく突き進み、一軒の長屋の表戸を手荒に開けた。踏み込むなり、

「南町奉行所である！　神妙にいたせッ」

と大喝を浴びせた。

長屋の中には悪人面（ヅラ）の男たち数人と、着物を肩まではだけさせた白首の悪女がいた。一斉にギョッとなったが、そこは海千山千の悪党揃い。素早く匕首（ドス）をひっ摑むなり立ち上がって、

「野郎ッ！」

幸千代を目掛けて斬りつけてきた。

幸千代は素早くかわして斬撃を空振りさせる。同時に相手の脛を蹴り上げた。足を払われた悪党は見事に転んで台所の桶に頭から突っ込んだ。幸千代は捕り物

用の長十手を振り下ろし、悪党の背中をビシッと打った。

「神妙にせよと申しておるッ」

長十手は普段差している十手より二倍から三倍の長さがある。実戦用だ。鉄の棒で叩かれたのだからたまらない。悪党は「グエッ」と呻いて失神した。

「兄貴がやられたッ」

悪党たちが動揺する。一人が幸千代を指差して震え上がった。

「アイツぁ南町の八巻だあ！」

悪党たち全員の顔が恐怖に歪んだ。剣豪同心八巻の評判は天下に轟いている。腕前はたったいま目の前で見せつけられた。さらには捕り方たちまで突入してくる。六尺棒で悪党たちを打ち据えにかかった。悪党たちは戦意を喪失している。棒で打たれながら逃げ惑った。

一人の悪女が目を怒らせる。先を尖らせた簪を逆手に握った。

「こん畜生ッ」

幸千代に襲いかかる。幸千代はその腕を摑んで捩じり上げた。

「お前たちの頭はどこだ。丑寅ノ段蔵はどこにいる」

「知るもんかッ」

悪女は幸千代を睨みつけると、

「親分、捕り方だよッ、逃げとくれッ！」

声を限りに絶叫した。

手負いの悪党たちが逃げていく。どぶ板を踏み鳴らしながら陋巷の奥へと走った。

それを幸千代が追っていく。悪党どもは一軒の陋屋の扉に手を掛ける。板戸を蹴破る勢いで走り込んだ。幸千代の目が光る。

「あれが段蔵の根城か！」

幸千代が飛び込もうとしたその時であった。陋屋の中から南町の捕り方が飛びだしてきた。幸千代が追っていた悪党たちを迎え撃ち、打ち据えて倒した。

幸千代は陋屋に踏み込む。するとそこには同心の尾上がいた。土間から一段高く板敷きの床が上げてある。長火鉢の前に座った尾上がプカーッと一服つけていた。横目で微笑みかけてくる。

「ご苦労さん。段蔵はお縄に掛けたぜ」

土間の柱の根元に悪党が縛りつけられてうずくまっていた。

尾上はニヤーッと笑った。

「今回ばかりは後れを取ったようだなァ八巻の旦那よ。どうだい、先達（先輩）の同心を、ちったぁ尊敬する気になったか？」

手柄を取られた幸千代は不満の表情を隠そうともせず、長十手を腰帯に差しながら言った。

「大儀であった」

「なんだよその言いぐさ！　だいたいお前はなぁ――」

小言が始まりそうになったその時、同心の玉木が駆け込んできた。

「大変だ！　八巻が攫われたぞッ」

尾上は「へっ？」と間抜けな顔をする。

「なに言ってんの？」

玉木は尾上の腕を摑んで揺さぶる。

「黒装束の侍たちが十人がかりで八巻を捕まえて舟に押し込んだ！　そのまま海に向かって漕いでいった！　俺がこの目で見てたんだから間違いねぇ！」

「いいや、間違いだろう。だってさぁ、八巻はそこにいるんだぜ」

尾上が指差した先に幸千代がいる。玉木は目を丸くして「えっ？」と言った。

尾上が嘲笑（ちょうしょう）する。

「おいおい。夢でも見てたのか。夜回りの最中に居眠りかよ？　村田さんがいないからってさぁ、弛（たる）みすぎじゃないの」

「そんなはずはねぇ……。ハチマキ、お前、まさか幽霊じゃねぇだろうな？」

幸千代は緊迫しきった顔つきだ。玉木に向かって問い返す。

「確かに、八巻が攫われたのだな？」

尾上が呆れる。

「おいおい、お前までなに言ってんの？」

玉木はガクガクと頷いた。

「確かに見たよ。相手は黒装束の侍だ。真剣を抜いていたよな？」

幸千代は歯噛みした。

「しまった……！　敵は舟を使ったのだな？　江戸前の海へ漕いでいった。確かだな！」

「お、おう」

幸千代は走り出す。尾上が腰を浮かせた。

「おい、どこへ行くんだ。これから悪党どもの詮議を始めるんだぞ！」

尾上の声を無視して路地を走る。捕り方の一人の腕を掴んで質した。

「江戸の港はどこにあるッ」

捕り方には、なにを問われたのか、わからない。

第三章　江戸の夜空に流れ星

一

由利之丞は夜の江戸の町を駆ける。本多家下屋敷の台所門（裏門）まで走ってきて、門扉を拳で叩いた。

「一大事でございます！　どうかお通しくださいませ！」

美鈴は寝ずの番をしている。真琴姫の寝所（しんじょ）の外の廊下で正座していた。そこへ別式女の楓がやってきた。

「美鈴殿、台所に由利之丞なる役者が参っております。火急の用件で美鈴殿と話をしたいと申しておりまするが」

「由利之丞さんが？　わかりました。ここは任せます」

美鈴は警固の役目を楓に頼んで台所へと向かった。

大名屋敷といえども台所までは庶民も入ることができる。大名の暮らしを支えるためには商人や職人の手が必要だからだ。板敷きの部屋に由利之丞が正座していた。本多家の家臣の武士に囲まれて身を竦ませていた。

美鈴は由利之丞本人だと確認すると、武士たちに向かって告げた。

「存じよりの者です」

武士たちは頷いて持ち場に戻る。美鈴は由利之丞の前に片膝をついた。

「どうしたのです」

由利之丞は顔をクシャクシャにしながら訴えた。

「大変なんだよ！　若様が同心様に化けてることがバレちまった！　悪党たちが若様を攫う算段をしてたんだ」

「なんですって！」


幸千代も江戸の町を駆けている。走ってきた勢いそのままに本多家下屋敷の門を突破しようとした。当然に門番の武士の二人に制止される。幸千代の目の前で六尺棒がメの字に交差された。

「待て待てィ！　何奴じゃ」

居丈高に誰何してくる。幸千代はキッと睨み返した。

「幸千代である！」

「ナニィ？　たわけたことを抜かしおって！」

顔に提灯を突きつけた。そして警固の者たちは仰天した。

「ゆ、幸千代君ではございませぬか！　まさか本当に……！」

その場に跪く。門番も慌てて六尺棒を引いた。

「通るぞ！」

幸千代は皆の前を走り抜けた。


御殿の広間に、本多出雲守、幸千代、内与力の沢田彦太郎、美鈴、由利之丞が集まった。美鈴と由利之丞は敷居を跨いで同座することは許されない。廊下に正座する。

「捕らえられたのはわしではない。八巻じゃ。だが仇敵どもは、この幸千代を捕らえて虜にしたと心得違いしておるに相違ない」

本多出雲守はおおよその事態を飲みこんで唸った。

「恐れ多くも将軍家のお世継ぎに魔手を伸ばすとは、許しがたき悪行！」

廊下の由利之丞に顔を向ける。

「して、そのほうが見聞きしたと申す、敵の首魁の正体は」

由利之丞は「へへーっ」と平伏してから答えた。

「大奥の御中臈、富士島のお局様にございました！」

本多出雲守は凄まじい形相となった。

「まことか！　もしも間違いであったなら、このわしもただでは済まぬ。相手は上様の御愛妾ぞ！」

「間違いはございません。住吉屋の藤右衛門旦那も一緒でございました」

「住吉屋藤右衛門は富士島の実の親。ううむ、住吉屋も一味同心か！」

幸千代は本多出雲守に顔を向ける。

「攫われた八巻の身が案じられてならぬ。出雲守、いかがいたすか」

出雲守は黙考して答えない。事があまりにも重大すぎて、咄嗟に良案が思い浮かばないのだ。

美鈴は袴の裾をギュッと握り締めている。血がにじむほど唇を噛みしめていた。その横顔を由利之丞が心配そうに見つめている。

本多家の家臣がやってきた。廊下に正座してから言上する。

「ただいま江戸城中奥御殿より、御使いが参りました。ご登城のご催促にございまする」

またしても出雲守の顔色が変わった。

「この夜更けにか！」

尋常ではない命令だ。嫌な想像をかきたてられてしまう。

幸千代の眉間にも険しい皺が寄った。

「まさか、兄上のご容体が……」

「確かめて参りまする。上様に万が一のことあれば、あなた様が次の上様。なにとぞ御覚悟を」

出雲守は幸千代に向かって深々と一礼してから出ていった。

御殿が静まり返る。皆、無言だ。由利之丞は美鈴に向かって言った。

「オイラ、荒海の親分さんに報せてくるよ。それと源之丞様にもだ。きっとなんとかしてくれるさ」

美鈴は小さく頷いた。

「沢田」

幸千代は沢田彦太郎に向かって言った。

「この屋敷の外には町奉行所の者どもが警固のために張りついておろう。その者どもの役儀を解く。屋敷は守らずとも良い。八巻の探索に全力を注いでくれ」

「されど、若君……！」

幸千代は畳に片手をついた。

「わしからの頼みじゃ。八巻を見殺しにしたならば、このわしは、二度と天地の間に立つことができぬようになる。頼む。八巻を救い出してくれ」

面（おもて）を伏せた。殿様の身分にある人は他人に頭を下げない。下げてはならない。その幸千代が畳に片手をついて面を伏せた。

沢田も感に打たれた。

「御意（ぎょい）に従いまする」

沢田は立ち上がって広間を出ていく。与力と同心を指揮するために門の外に向かった。

本多出雲守は裃（かみしも）姿で江戸城の廊下を進んでいく。中奥御殿に入った。将軍家の小姓番が寝所に向かって告げた。

「本多出雲守様、御出仕にございまする」

寝所の中から返事があった。

「通せ」

その声を聞いて本多出雲守は安堵の吐息を漏らした。確かに将軍の声だ。

(ご無事でおわしたか)

逝去を報せるために江戸城に呼ばれたのかと案じていたのだ。予感が外れてホッとした。出雲守は寝所の隣の下座敷に入る。将軍と同じ座敷に入ることは許されないので、重臣でも下座敷に控えて座るのだ。

「本多出雲守にございまする。上様におかれましては――」

「喫緊の用件で呼んだのじゃ。長い挨拶はいらぬ」

将軍は病床に文机を据えて何枚もの判物に目を通していた。出雲守は（それはよろしくないな）と感じた。

「上様、お身体に障りまするぞ。なにとぞご就寝あそばしまするよう」

「諫言も無用じゃ」

将軍は判物の一枚を突きつけた。

「出雲守、小判が著しく値を下げておるようじゃな。それに反して米の値が高騰しておる。これでは庶民が米を食えずに飢えようぞ」

「ははっ」

「この有り様は何事か。なにゆえ余に報せなんだのか」

本多出雲守は平伏しながら臍を噛んだ。

（富士島め。やはり上様には何も取り次がず、おのれの手許で握り潰しておったのだな！）

将軍のほうも、愛妾の不心得を悟っている顔つきだ。

「富士島の仕業か。あの者を身近に仕えさせたのは余の不徳であった」

本多出雲守はここぞとばかりに言上する。

「御金蔵を開き、御用金を放出するお許しを賜りとうございまする！　米価を正常に戻し、商人と庶民を困窮より救う手立ては他にございませぬ！」

将軍は力強く頷いた。

「許す。よきに計らえ」

筆を取って文机の紙で御教書（行政命令の書類）を認めると小姓番に手渡した。小姓番が出雲守の許まで運んでくる。出雲守は受け取って一読した。

御金蔵を預かる御蔵奉行に対し、収蔵されている小判の搬出を命じる内容であった。

「これにて江戸は救われまする。明日の朝一番に御金蔵を開き、小判を市中に流しまする。停滞していた商業は息を吹き返し、米価も値下がりいたしましょう」

将軍は大きく頷いた。本多出雲守は改めて深々と平伏した。

「上様のご病気平癒、心よりお喜び申し上げまする！」

将軍は笑顔で答える。

「弟のお陰よ。出雲守よ喜んでくれ。我が弟は日本一の蘭方医師であったぞ」

カラカラと声を上げて高笑いした。

出雲守にはなんのことやらわからない。あの乱暴者の幸千代に蘭方医学の知識があるとは思いがたい。

（ま、まさか、八巻が？……いや、そんなはずはあるまい）

混乱しながらも退室する。首を傾げながら大廊下を進んだ。

「御蔵奉行を呼べ！」

と、宿直で廊下に侍っていた者に命じた。

＊

岩山に囲まれた谷間に小屋がいくつも建てられている。篝火が焚かれ、松明を手にした男たちが警戒のために歩き回っていた。

その様子を大岩の陰から大井御前と喜七が窺っている。

「あれが金山の入り口。周りに建っているのは金山奉行の役所と金掘り衆の塒じゃ」

大井御前が説明する。喜七は身震いしながらゴクリと生唾を飲んだ。緊張を隠せない。

「あそこに旦那様が捕らえられて……。ああ、強そうなお人がいっぱいいる」

「武田の遺臣どもじゃからな。それはそれは強いぞ」

「怖がらせないでくださいませ。これからどうしましょう」

「ううむ。そなた一人で斬り込んだところで、救い出せるとも思えぬしなぁ」

喜七たちが見守る小屋のひとつ、組まれた丸太で造られた牢の中に三国屋徳右衛門と門太郎が閉じ込められていた。

徳右衛門は門太郎の話を「ふんふん」と頷きながら聞いている。

「なるほど。旗を使って大坂の堂島米会所の米価を江戸に伝えていたわけか」

「爺さん、あんたにはあの旗の意味がわかるのかよ？　なんだって俺たちは旗振りをさせられてたんだ」

「堂島米会所の取引でついた米の値は、全国の米市場で商われる米の値となるのですよ。大坂から江戸へは継飛脚(つぎびきゃく)で三日をかけて相場の値が届けられます」

健脚自慢の飛脚たちが全速力で駅伝をする。米の値の書かれた紙が文箱(ふばこ)に入れられ、宿場から宿場へと手渡されていく。普通の旅で大坂から江戸へは十五日から二十日はかかるとされていたから、その速度は超人的だ。

「しかし、手旗ならばもっと早い。どうやらあなたを雇った悪党は、山の頂きなど、目立つ所にあなたたちを据えさせて旗を振らせて、お上の飛脚よりもずっと早くに、米の値を伝えようとしたようだね」

「そんなことができるのかよ」

「お上の法度に触れていますよ。お上より先に米価を知ることは厳重に禁じられております」

「げぇッ……。俺はなにも知らなかったんだ。堪忍してくれ！」

「お白州でお奉行様にそう言いなさい。まぁ、お慈悲にあずかれるとは思えませんがね」

門太郎は絶望して頭を抱えた。

「どうすりゃいいんだよ……ここにいても殺される、お上に訴え出ても罰を受ける……八方塞がりじゃねぇか」

「静かになさい。見回りが来ましたよ」

不逞旗本だ。たすき掛けで袖を絞り、たっつけ袴（動きやすいように脛の部分が脚絆になった袴）を穿いた格好である。

檻の格子の向こうには徳右衛門から奪った荷物が置いてある。行李を開けて中をかき回し始めた。

「おっ？　為替があるではないか。額面は二十両か。この紙きれ一枚を甲府の両替商に持ち込めば、金子に換えてくれるのだろう？」

徳右衛門に質す。徳右衛門は渋面で首を横に振った。

「あなた様がお持ちになったところで門前払いを食らうだけですよ。手前自身が持ち込まなければ引き換えできない約定となっておりますのでね」

「騙されはせぬぞ。偽りを並べ立てて『だからここから出してくれ』と申すのであろう？」

「ご賢察の通りにございます。手前をお助けくださるのでしたら、その為替の二十両は差し上げましょう。手前をここから出すおつもりがないのでしたら、その為替のことは、お忘れください」

　不逞旗本は苦々しげに為替と徳右衛門の顔を交互に見た。徳川家の旗本といえども武士の暮らしは逼迫している。二十両の金は欲しくてならない様子だ。

　徳右衛門は続けて言った。

「他にもう一両、小判を所持しておりますよ」

「なにっ、どこに隠し持っておる！」

「この着物の衿に縫い込んでございます」

　徳右衛門は胸元を示した。

「鋏で切れば取り出せまするが……。鋏をお貸しいただけますかな？」

「刃物など渡せるものか。わしがやる」

　不逞旗本は刀の鞘から小柄を抜いた。携帯用の小刀だ。そして檻の格子に近づいた。

「こっちへ来い！」

「その小柄、錆びついているではございませぬか。お手入れを怠っているご様子ですなぁ。あまり切れそうにない」

「黙れ！　来いと申すに」

徳右衛門は「へいへい」と答えて格子に寄った。胸を差し出す。

「どうぞ、お取りください」

不逞旗本が腕を伸ばしてきた。その瞬間、徳右衛門も腕を伸ばして旗本の衿を摑んで引き寄せた。

「なにをするっ！」

旗本が徳右衛門に背を向けて逃げようとする。徳右衛門の腕が旗本の首に巻きついた。ギリギリと締め上げる。旗本は苦しそうに呻いていたが、やがてグッタリと動かなくなった。

門太郎は仰天している。

「殺っちまったのかよ……！」

「殺してなどいませんよ。気を失っているだけです」

「それにしたって、あんまり乱暴にすぎるじゃねぇか！」

「この悪党は、こともあろうに、あたしの小判を盗ろうとしたのですよ！　あたしの、小判を、盗ろうとしたんだ！　絶対に、絶対に、許せませんッ。百回殺したって飽き足りないぐらいだ！　さぁ、逃げ出しますよ」

倒れた旗本の腰から脇差しを抜くと、格子を縛る藤蔓（ふじづる）を切った。

「あっ、あのお姿は！　大旦那様だ！」

喜七が叫んだ。眼下の集落の中を徳右衛門と門太郎が走っている。だが、すぐに見張りに発見されてしまった。

「逃げたぞォ！」

見張りが叫び、どこかで半鐘が打ち鳴らされた。集落中が騒然となる。建ち並ぶ小屋から男たちが飛び出してきた。

「助けないと！」

走り出そうとした喜七の衿を大井御前が摑んで引き戻した。

「お待ち！」

周囲の岩山でも大勢の走る物音がする。敵の仲間が半鐘を聞いて駆けつけてきたのだ。あやうく敵の真ん前に飛び出してしまうところであった。

物陰で再び身を伏せた喜七と大井御前の目の前を、曲者たちの足が走り抜けていく。

徳右衛門と門太郎は集落の中を走った。だが、いたるところに木の柵があり、小屋も無秩序に建てられている。まるで迷路だ。不逞旗本や金掘り衆は次々と湧いて出てきた。旗本たちが徳右衛門の前に立ちはだかった。

「逃がしはせぬぞ！」

刀を抜く。門太郎は悲鳴をあげてその場にうずくまった。

そこへ、板塀を蹴り破りながら水谷弥五郎が現われた。

「ドワーッ！」

気合一閃、不逞旗本の一人を叩きのめす。金掘り衆は驚いて後退した。

「くそっ、用心棒めが！　かまわぬ、打ち殺せッ」

旗本が叫び、包囲の輪がジリジリと迫ってくる。水谷は油断なく構えながら、背後に庇った徳右衛門に向かって叫んだ。

「この用心棒代は高くつくぞ。十両でどうだ！」

徳右衛門は渋い顔だ。

「十両とは、いくらなんでも法外にございましょう。三両ではいかがで？」

それを聞いた門太郎は泣きながら呆れている。

「自分の命がかかってるってのに値切るのかよ！　爺さん、俺の命もかかってるんだ。払ってやってくれ！」

旗本たちが斬りつけてきた。水谷は拾った丸太を大車輪に振り回して応戦する。大勢の敵でも近づけさせない。

小屋の陰から村田銕三郎も顔を出した。

「こっちだ！　来いッ」

徳右衛門と門太郎が逃げ出す。不逞旗本が「逃がすなッ、追えッ」と怒鳴り散らした。水谷弥五郎は追手を次々と殴り倒した。金掘り衆は怯えている。水谷は丸太を投げつけると、その隙に素早く身を翻した。

二

深川の料理茶屋。座敷で大胡座(おおあぐら)をかいていた梅本源之丞が、大盃から口を外して叫んだ。

「卯之さんが悪党に捕らえられただと？」

菊野が心配そうな顔で頷いた。

「今、由利之丞さんが伝えに来たのサ。若君様だと人違いをされて、銀八さんと一緒に連れ去られたって」

「困ったぞ。本物の若君様なら悪党どもを叩きのめして帰ってくるだろうが、卯之さんと銀八じゃあどうにもならねぇ」

源之丞は腰を浮かせた。菊野が質す。

「どこへ行くの。卯之さんが連れ去られた場所もわからないのに」

「じっとしちゃあ、いられねぇんだよ」

「待って！　卯之さんを攫った悪党は、頭目からご褒美の銭を頂戴したかもしれない。悪党が悪銭を使うのはこの深川か吉原だって相場が決まっているよ。ここで網を張っていれば、卯之さんを攫った悪党が見つかるかもしれないよ」

「なるほど」

「あたしは深川じゅうの芸者衆に声をかけてくる。金遣いの荒い悪党が座敷に入ったらすぐに報せるように、ってね」

「よし、任せたぜ」

源之丞は座り直した。菊野は座敷を出ていった。

＊

卯之吉は狭くて暗い場所に閉じ込められている。

部屋全体が揺れている。部材の軋む音がした。

「ずいぶんと大きな船のようだねぇ」

卯之吉はのんびりとした顔と口調だ。まるで他人事のようである。

一方の銀八は不安に苛まれている。

「船の大きさがわかるんでげすか」

「そりゃあわかるさ。小さな舟は小刻みに揺れる。大きな船はゆったり揺れる。あたしたちが乗せられているのは千石船さ。海を渡る船だね」

「それじゃあ、どこか遠くへ連れ去られていっちまうんでげすか！」

「今のところは江戸から遠くに離れていないよ。窓から吹き込む風の匂いでわかる。一刻（約二時間）前までは潮の匂いがしていた。でも今はしないよ。引潮で海の水が引いたからだ。代わりに大川の真水が流れてきた。この船が錨を下ろしているのは大川の河口の近くだってことさ」

時ノ鐘の音が聞こえてきた。

「おや、あの鐘の音は築地の本願寺さんだ」

「鐘の音に違いがあるんでげすか」

「そりゃあああるよ。なにを言ってるんだい。ひとつとして同じ音なんか鳴らさないものさ」

卯之吉はなにやら考えて、ひとりでほくそ笑んでいる。

「今の鐘の音、あっちのほうから聞こえてきた。うん。今いる場所がだいたいわかったよ。さぁて、撞かれた数は七ツ（午前四時ごろ）だったね。それじゃあそろそろ寝るとしようか」

卯之吉はゴロンと横になった。

「よくも寝られるもんでげすな」

「あたしは夜更かしは得意だけれど、早起きは苦手だからね。そろそろ日が昇るだろうけど、朝寝をさせてもらうよ」

大欠伸すると「おやすみ」と言って、スヤスヤと寝息を立て始めた。

銀八は「こんな危機的状況なのによくも寝ていられるものですね」と言ったのだが、卯之吉は「もう夜明けなのに寝ていてはいけません」と言われたと勘違いをしたようだった。

「あっしは、おっかなくてどうにもならねぇでげすよ」

銀八は両膝を抱えてうずくまった。

＊

もう一人、眠れぬ夜を過ごした者がいた。美鈴だ。

朝日が障子を照らしている。真琴姫はすでに床を上げさせて、朝餉（あさげ）の膳に向かっていた。美鈴は部屋の隅に座って真琴姫の警固をしている。真琴姫も食が進まぬ様子で、ほんの一口、二口、食べただけで箸を戻した。

痛ましげに美鈴を見る。姫としても、なんと声をかけたら良いものかわからない。

そこへ幸千代が入ってきた。

「美鈴、わしも八巻を捜しに向かうことにした」

美鈴と真琴姫がハッとなって幸千代を見た。二人が口を開く前に幸千代が言った。

「わかっておる。剣呑だから行くな、と引き止めるつもりであろう。それぐらいの道理はわしであっても重々承知だ。だが、わしは行く。八巻はわしのために尽くしてくれた。見殺しにはできぬ。そしてこの江戸を騒がす悪党どもも、許すことはできぬのだ」

美鈴は立ち上がろうとした。すると幸千代に手で制された。

「お前には真琴を守る役目がある。真琴のそばを離れんでくれ。忘れるなよ。お前が今、八巻の身を案じておるように、わしはいつでも真琴の身を案じておるのだ」

真琴姫が円らな目を幸千代に向けた。

幸千代は重ねて美鈴に言い聞かせた。

「わしが八巻を捜しに行くのは、お前の代わりとしてだ。お前は八巻を捜しに行きたいはずだ。だがこの屋敷は離れられぬ。だからわしが代わりに行く。お前は、わしの代わりに真琴を守ってくれ。頼んだぞ」

美鈴は幸千代に向かって頷き返した。

「命に代えても、お守りいたします」

「わしも必ず八巻を救い出すと約束するぞ」

幸千代は抜け穴に向かって走り去った。

真琴姫が「美鈴」と呼んだ。美鈴は顔を向ける。目と目があった。真琴姫は言う。

「人を愛するのは、こんなにも辛くて苦しいことなのですね。愛する人を信じて帰りを待ちましょう」

美鈴は涙をこらえて頷いた。卯之吉と幸千代ならば、どんな難敵が相手であろうとも必ずや勝って帰るに違いない。そう信じた。

＊

三国屋徳右衛門と村田銕三郎、水谷弥五郎、門太郎の四人が峠道を登っている。

山道の先に見晴台があった。丸太を組んで高く床を上げた櫓（やぐら）もある。門太郎が指差して説明する。

「俺たちはあそこで旗振りをさせられていたんだ。西の峰を見ろ。あっちにも見晴台があるだろう？」

遠くの山の上に似たような櫓が造られてある。

「西の峰で振られた旗を読み取って、同じようにここで旗を振る。そうやって東側の峰の見晴台にいる仲間に報せるんだ」

徳右衛門が頷く。

「大坂から江戸まで、そうやって米の値を伝えていたのだね」

村田鋏三郎は納得しがたい顔つきだ。

「大勢の人手を傭ってか？　あまりに大掛かりに過ぎるのではないか」

徳右衛門は渋面で下唇を突き出した。

「日本中の商いをひっくり返そうという謀ですぞ。それは大掛かりにもなりましょう」

門太郎は同意する。

「江戸では大勢の放蕩者が集められて旗振りの練習をさせられた。大坂でも名古屋でも、俺たちみたいな奴らがかき集められたに違いないぜ」

徳右衛門が門太郎を凝視する。

「その罪を帳消しにしたいなら、あたしらに手を貸すしかないよ。やってくれるね」

「やってやるさ！　殺されそうになったんだぜ。仕返ししてやらなくちゃ腹の虫が治まらねぇ」

徳右衛門は「よろしい」と頷いた。それから村田と水谷に向かって言う。

「ここの見晴台にいる連中を追い払って、門太郎に贋の報せを伝えさせまする。悪事を企てた者どもに大損を被らせるのですぞ」

水谷は「よし」と頷いた。

「曲者どもを追い払うのは我らに任せろ」

門太郎が口添えする。

「異変があったなら半鐘を矢継ぎ早に打ち鳴らして隣の見張り台に報せる手立てになってる。半鐘だけは、けっして打たせないようにしておくんなせぇ」

「心得たぞ」

村田と水谷は身を隠しながら見晴台に近づいていく。見晴台には旗を手にした男と、それを見張る不逞旗本たちの姿があった。

村田と水谷は見晴台の下まで走り、梯子を上り始めた。櫓の上の旗本が気づいた。

「何者だッ」

手すりの下に半鐘と撞木（しゅもく）がぶら下がっている。旗本は半鐘に手を伸ばそうとする。

「そうはさせぬッ」

梯子を駆け上がった村田鋲三郎が旗本に斬りつけた。旗本は刀を抜いて斬撃を受け止める。仲間の猟師に「鐘を打て！」と命じた。

だが、その猟師は水谷弥五郎の峰打ちで倒される。不逞旗本も村田の一撃で打ち倒された。

二本の旗を手にしていたのは門太郎の遊び仲間だ。突然の襲撃に何もできない。恐怖でへたり込んでいる。水谷弥五郎に、

「旗を渡せ」

と言われると、急いでポイッと投げ捨てた。

「ちょうど良い。縄がある」

村田鋲三郎は手早く悪党一味を縛りつけた。徳右衛門と門太郎が櫓の下にやってきた。

「首尾よくいったようですな」

徳右衛門が笑顔で見上げたその時だ。西の見晴台から半鐘の音が聞こえてきた。門太郎が「あっ」と叫ぶ。

「カン、カン、カンと、三連打だ。これから旗を振るぞ、という合図だぜ。半鐘の鳴らし方には取り決めがあるんだ」

徳右衛門が促す。

「早く上がりなさい」

「わかってらァ」

門太郎は梯子をよじ登った。縛られた仲間に目を向ける。

「俺は猿喰様を裏切ることに決めたぜ」

門太郎は西の峰の見晴台を遠望する。大坂からの報せを読み取った。

「米の値が下がったって伝えてきたぜ。米切手一枚につき十一両二分、この前から比べると三両も値を下げてらぁ」

徳右衛門は頷いた。

「いつまでも高値が続くものじゃあない。お上が手を打ったのでしょうな。御金蔵の小判を放出なさったのかもしれないね」

「それで、これからどうすりゃあいいんだい」

「米相場の値は十六両だ、と、嘘の報せを伝えるんです。そうすれば江戸の悪徳商人は高い値を払って米をウンと買い占めるでしょう。そこへドカンと値下げの報せが届く。悪党どもは破産しますよ」

「面白ぇ！　爺さん、商売ってのは面白ぇもんだなぁ。俺は江戸に戻ったら、真面目に商売の修行をするぜ」

門太郎は旗を手にした。水谷弥五郎は撞木を握る。

「三連打すれば良いのだな？」

「おうっ、やってくれ！」

門太郎は旗を広げて両手で握った。

その時であった。

「そこまでだッ」

猿喰六郎右衛門の怒声が聞こえた。不逞旗本たちと武田の遺臣——今は金掘り衆や猟師、樵として生きる者たちが駆けつけてきた。

「半鐘を鳴らすことは許さぬッ。櫓から下りろッ」

猿喰六郎右衛門が徳右衛門に刀を突きつけた。鉄砲を構えた猟師たちも、銃口を徳右衛門に向けていた。

門太郎にも銃口が向けられる。門太郎は旗を投げ捨てて両手を上げた。村田銕三郎が激怒した。

「門太郎、なにをしておるッ」

「撃たれたくねぇもんよ！　勘弁してくれ！」

水谷弥五郎は首を横に振った。

「致し方ない。旗を振り終えるまで、撃たれずに済むとも思えぬ」

三人は「下りてこい」と命じられて櫓を下りた。たちまちにして取り囲まれた。

猿喰六郎右衛門は悪相でせせら笑った。

「お前たちの目論見(もくろみ)はついえたぞ。どこまでも手こずらせおったな。ここで死んでもらうぞ」

包囲の輪が迫る。徳右衛門たち四人に逃げ場はない。

火縄銃の火縄がジリジリと白煙を上げている。猟師の指が引き金にかかった。

猿喰は肩を揺すって笑っている。絶体絶命だ。

と、その時であった。

「お待ちなさい！」

凛(りん)と声を張り上げながら大井御前が駆けつけてきた。喜七もヘトヘトになりながら従っている。山道を延々と走ってきたらしい。

「武田の遺臣の者ども！　無体はなりませぬぞッ。下がりおれッ！」

大井御前が叱りつける。武田遺臣の一人が「ああっ」と叫んだ。

「大井御前様！」

周りの皆に向かって叫ぶ。

「武田様の血を引く御前様だぞッ、みんな、無礼があっちゃなんねぇズラ！」

大井御前のお叱りが飛ぶ。

「この狼藉は何たることかッ。将軍家に対する謀叛に他ならぬぞッ。武田の家名に泥を塗るおつもりかッ。武田の遺臣の誇りをなんと心得るかッ」

「さ、されど御前様……！　オラたちは甲斐の皆のために立ち上がったんでございます。ここで一踏ん張りすれば次の上様がオラたちに目を掛けてくださるってぇお約束。次の上様にご奉公をしとるズラ。謀叛だなんて、とんでもねぇ」

「痴れ者めッ。騙されておることがまだわからぬのかッ。次の上様は幸千代君、武田の血を引く妾が傅育し、甲斐でお育ちあそばした若君ぞッ」

武田の遺臣たちが「ええっ」とどよめく。大井御前は畳みかける。

「お前たちは今、幸千代君に仇成しておるのだぞッ。これを謀叛と呼ばずしてなんと呼ぶ！」

皆は一斉に平伏した。

「知らなかったズラ！　勘弁してくだせぇ！」

大井御前は「うむ」と大きく頷いた。それから不逞旗本たちをキッと睨みつけた。

「お前たちを誑かしたのはあの者たちだ。討ち取れッ」

武田の遺臣たちが立ち上がる。

「よくも騙してくれたなッ！」

「謀叛の片棒を担がせるとはあんまりズラ！」

今度は猿喰たち不逞旗本が取り囲まれた。

「おのれッ、田舎者ども！」

旗本たちが刀を抜く。武田の遺臣と乱戦が始まった。

三国屋徳右衛門が門太郎に命じる。

「今だよ！　旗を振りに行きなさいッ」

門太郎は梯子を駆け上がる。

「待てッ！」

猿喰が突進してきた。どうあっても旗を振らせまいとする。その前に村田銕三郎が立ち塞がった。

「俺が相手だ！」

「町方役人風情が生意気なッ」

剣の使い手同士で斬り結ぶ。門太郎は櫓の上まで上がった。撞木を摑んで半鐘を三連打した。

「気がついてくれッ」

江戸方向の見張り台を見ながら、何度も三連打した。すると彼方で旗が大きく振られた。

「ようし、こっちを見ているぞ！」

門太郎は二本の旗を広げると左右の手に持ち、偽りの米価を信号に変えて送り伝えた。

櫓の下では猿喰六郎右衛門たちが追い詰められている。

「くそっ、退(ひ)けッ」

猿喰が命じる。旗本たちは手負いの身体を庇いながら下がる。猿喰は撒(ま)き菱(びし)を地面に撒いた。それでも飛び越えて追ってこようとした猟師を一刀の下に斬り捨てる。精強な武田の遺臣たちもこれでは追跡を諦めざるをえない。

村田銕三郎も後を追おうとしたが徳右衛門に止められた。

「悪党の捕縛は甲府の城代様にお任せし、手前どもは江戸に戻りましょう」

「江戸へ？」

「敵の首魁は江戸におります。それを捕らえるのは町奉行所のお役目」

村田鋲三郎は「うむ」と大きく頷いた。

三

江戸では今日も住吉屋の一室に大勢の商人が集まっていた。正面には〝千里眼の呑龍先生〟が鎮座している。目を閉じて黙想を装っていた。

住吉屋の屋根の上には高い物干し台がある。物干し台に偽装した遠望櫓だ。住吉屋藤右衛門と弥市の二人が西の方角に目を凝らしていた。

弥市は遠眼鏡を覗いている。

「見えました！　米価は十六両！」

それを聞いた藤右衛門は笑い声を上げた。

「十六両かね！　ずいぶんと値が上がったものだねぇ。大儲け間違いなしだ」

「小判の信用がますます下がったのでございましょう。旦那様が集めた小判を贋小判に改造して市中に流しましたゆえ」

「両替商どもは大弱りだろうねぇ。ああ、いい気味だ」

「これにて旦那様の身上（資産）は三国屋徳右衛門を上回りまする！　いよいよ江戸一番の、否、日本一の商人にご出世にございまする！」

「よぅし、公儀の継飛脚が江戸に届くより前に、江戸中の米切手と米俵を買い占めようぞ」

「富士島のお局様にもお知らせし、諸大名の御蔵屋敷に米を出させるように促していただきましょう」

「大奥への使いはお前に任せる。わしは呑龍に知らせてくる」

二人は物干し台から下りた。

呑龍は藤右衛門の耳打ちで米価を知った。それからおもむろに座り直して、千里眼の術に入った。

「……見えた！　見えたぞ！　大坂で定められた米の値は……十六両だ！」

これには商人たちもどよめいた。

「十六両ですと？」

「それは、あまりにも法外に過ぎはいたしませぬか」

「先日の十四両二分でも高すぎます。そろそろ反動の暴落が来るのではないかと、我らは予想しておりましたが」

さすがは大店の主たちだ。

しかし住吉屋藤右衛門は自信たっぷりである。皆に向かって笑顔で言う。

「これまでただの一度でも、呑龍先生の千里眼が外れたことがございましたか」

そう言われると、商人たちは黙り込むしかない。藤右衛門は重ねて言う。

「米の値が十六両、まことに結構ではございませぬか。この一押しで三国屋徳右衛門と江戸の両替商は潰れますぞ。それに代わってここにいる我々が江戸の豪商連にのし上がりまする。江戸の商いを一手に握る好機ですぞ！」

欲に目が眩む(くら)と正常な判断力が失われる。商人たちは「それもそうだ」と目を輝かせ始めた。

住吉屋藤右衛門は皆を促す。

「さぁ、今日も米切手と米俵を買い占めましょう！　富士島のお局様がお大名の御蔵屋敷に米を出すようにとお命じくださいます。金の続く限りに買い続けるのです！」

商人たちは一斉に立ち上がった。我先にと座敷を出ていく。一粒でも多くの米を買い集めるつもりであった。

＊

幸千代を初めとして多くの人々が卯之吉を見つけ出すべく奔走(ほんそう)していたが、いまだなんの手がかりも得られない。

富士島ノ局が本多家下屋敷にやってきた。本多出雲守が応対する。書院で対面して座ると、富士島は、さも不思議そうな顔つきとなって周囲を見回した。

「出雲守様。若君様のお姿が見当たりませぬな。これは、いかなることか」

出雲守は渋い顔で答える。

「このところ悪党どもの跳梁跋扈が目に余るゆえ、万が一を慮(おもんばか)って、若君様には別の場所にお隠れいただいた」

「ほう。それは、まことの話にございましょうか？」

「お疑いか」

「このお屋敷を警固する甲府勤番の者どもが、若君様は曲者どもに攫われた、などと囁いておりまする。妾の耳にも届いておりまするぞ」

「埒(らち)もない雑言(ぞうごん)。富士島殿は、筆頭老中たるこの出雲守の言葉よりも、下々の雑言を信じると申されるか」

「妾は心配性ゆえ、若君様のお顔を拝見せぬことには安堵できませぬ」

「左様ならば明日、ご対面の席を設けようぞ」

「明日、でございますな？　妾は上様の御検使。この約束は上様とのお約束と見做されまする。違えた時には出雲守様、老中の免職をお覚悟なされませ」

「念を押されるには及ばぬぞ」

富士島と出雲守は二人ともが冷たい微笑を浮かべている。しかし目は笑っていない。目と目で睨み合っている。


富士島は書院を出て玄関へと向かう。憤激しながら畳廊下を歩んだ。

（出雲守めが、憎々しげな物言い！　じゃが、その権勢も明日までじゃ）

幸千代は捕らえて閉じ込めてある。と、信じ込んでいる。

（明日までに見つけ出して救い出すつもりであろうが、そうはゆかぬ。我らの勝ちじゃ。本多出雲守を追い落とし、三国屋を破産させる。これで天下はあたしとおとっつぁんのものになるのさ！）

思わず頬が緩みそうになった。と、その時であった。

「富士島」

背後から声を掛けられた。振り返るとそこに真琴姫が立っていた。

「これは許嫁様」

富士島は腹の中で勝ち誇りながらも顔には出さずに、恭しげにその場で膝を揃えて平伏した。とはいえチクリと厭味を言うことも忘れない。

「廊下で呼び止めるとはいかなる作法にございましょう。甲斐の田舎のことは存じませぬが、大奥には、かような不作法はございませぬぞ」

真琴姫は答えない。別のことを質してきた。

「富士島、そなたが攫った男子を、いずこに隠した」

富士島の眉根がピクッと震えた。

「なんの話にございましょう」

「しらを切る気か。そのほうの悪行、すでに露顕しておるぞ」

「なにを証拠に。妾は上様御検使役にございまするぞ！　妾への無礼は上様への無礼じゃ！」

動揺を隠すため権勢を嵩に相手を黙らせようとする。見る人が見れば、疚しさを隠しているのが丸分かりだ。

「やはり、そなたが……」

一触即発のところへ美鈴が駆けつけてきた。

「姫様、なりませぬ」

真琴姫を奥の座敷へと引っ張っていった。富士島は憎々しげに見送る。

玄関では甲府勤番の武士たちが低頭していた。富士島を見送るためだ。

富士島は甲府勤番の旗本たちに声を掛けた。

「真琴姫に尻尾を摑まれたようじゃ。姫も攫わねばならぬ」

旗本たちはギョッとしている。

「な、なれど……」

「毒を食らわば皿までじゃ。もはや後戻りはできぬ。左様心得よ！」

旗本たちは「ははっ」と低頭した。皆、富士島と住吉屋藤右衛門に籠絡された者たちなのだ。

富士島は乗物に乗って大奥へと戻っていった。

＊

粋な深川の料理茶屋には似つかわしくない男たちが行儀の悪い酒宴を開いている。髭面の船乗りたちだ。

菊野が座敷に入っていく。髭面の男たちは手を叩いて歓声を上げた。

「待ってたぜ姐さん！」

「深川一の売れっ子がオイラたちの座敷に来てくれるたぁ思わなかったぜ！」

菊野は笑みを浮かべて船長(ふなおさ)の隣に座った。男心を蕩(とろ)けさせる艶やかさだ。

「あたしはあなたがたのような男衆が大好きでござんすよ。呼ばれなくともこちらからお座敷に乗り込んでいきたいぐらいでござんす」

船乗りの兄貴分が鼻の下を伸ばす。

「オイラたちのどのあたりに惚れたってんだい」

「お金をパーッと、使うところさ」

船乗りたちは「ガハハハ」と笑った。船長が懐から巾着(きんちゃく)を摑みだして見せびらかす。

「おうよ、姐さんの好きな金はこの通りさ。俺たち船乗りは明日をも知れねぇ命だ。嵐に遭ったらそれまでだからな。だからよ、持ってる銭は生きてるうちに使っちまうのさ。派手にやろうぜ！」

菊野は銚子をとって酒を勧めた。船長は良い気分で何杯も飲んだ。

頃合いを見て取って、菊野が聞き出しにかかる。

「それにしてもそんな大金、どうやって稼いだのですかえ」

「それが男の甲斐性よ！　オイラたちの船にな、どえらいお人を連れ込んだのさ。それでご褒美をたんまりと頂戴ってわけだ」

船乗りの一人が「船長！」と窘（たしな）める。

「その話はまずいぜ」

「おっと、そうだった」

船長は頭を掻いた。菊野が笑みを浮かべつつ、冷たい目で凝視している。


船長が千鳥足で歩いている。暗い夜道。常夜灯だけがその姿を照らしている。

突然に「おい」と呼び止められた。振り返ると乱髪の武士が立っている。船長は怖いもの知らずに怒鳴りつけた。

「なんでぇ手前（てめ）ぇは！　物盗りかぃ。こっちは一文なしだぞ。有り金ぜーんぶ、深川で使いきったからな」

乱髪の武士——源之丞は、いきなり船長の衿を摑むと力一杯、道端の塀に押しつけた。背中を打ちつけられて船長が悲鳴をあげた。

「なにをしやがるッ」

源之丞が顔を近づける。凄まじい形相だ。

「なにをしやがるってのはこっちの台詞だ。手前ぇ、こともあろうに俺の大事な友達を攫いやがったな！」

「な、なんのことだ……なにも知らねぇよ」

「しらばっくれるなッ」

ボカッと鉄拳が振るわれた。

「喋りたくねぇってのならそれでもいいぜ。喋りたくなるまで、手前ぇの手足の指を一本ずつへし折ってやる！」

「ひいっ、やめてッ、ご勘弁……！」

＊

大坂の堂島米会所から発送された継飛脚が米価を伝えるために、江戸小網町の米問屋場に駆け込んだ。米問屋行司の立ち会いの下、厳重に封をされていた文箱が開けられた。

問屋の前の広場には米仲買人や米商人、そして米価高騰を見込んだ相場師たちが集まっていた。米価が公表される瞬間を固唾を飲んで見守っている。

広場に隣接して建つ家の二階には住吉屋藤右衛門と弥市がいた。藤右衛門は窓の手すりから身を乗り出して、広場の騒ぎを見守っている。

もうすぐ米価を記した高札が掲げられる。いよいよ天下一の商人となるのだ。そう思うと藤右衛門の心も躍った。笑みが洩れるのを抑えきれなくなった。

問屋の建物から行司が出てくる。一緒に出てきた手代の男が高札を立てた。行司が声を張り上げる。

「本日の米の値は、米切手一枚につき十一両二分にございます！」

商人たちが「おおーっ」と答える。

「値下げや！」

「米売りだ！　遣（や）っちゃ、遣っちゃ！」

その衝撃は二階座敷にまで伝わっている。弥市は仰天して藤右衛門に顔を向けた。

「旦那様！　これはいったい……」

藤右衛門にとっても信じ難い事態だ。目を泳がせている。唇はわななき、言葉もない。

一斉に取引が開始される。前日までとは一転しての米の値下げと、反動しての金相場の値上がりである。

藤右衛門の仲間たちは買い占めてあった米切手を手にして仰天している。

「そんな馬鹿な！　米価は十六両じゃないのですか！」

行司に詰め寄る者もいる。行司は取り合わない。

「なにを言ってるのです。継飛脚の報せに間違いはございませんよ。おやおやそんなに米切手を買い占めなさって。いくらで買ったのかは存じませんが、急いで遣っちゃわないと大損を被りますよ」

住吉屋の仲間たちは泣いたり喚いたりしている。ガックリとひざをついて放心している者もいる。住吉屋藤右衛門の二階座敷にも壱岐屋久兵衛たちが走り込んできた。

「住吉屋さん！　これはどういうことです！　呑龍先生の千里眼が大外れじゃないか！」

壱岐屋が藤右衛門の胸ぐらを摑む。藤右衛門が振り払うと畳の上に突っ伏して泣きだした。

「破産だ……。それどころか借財まで抱えちまった……親類縁者からかき集めた金がぜんぶ借財になった……親戚一同、みーんな破産だ……」

その時であった。座敷の中に、南町奉行所内与力、沢田彦太郎が踏み込んできた。米問屋行司を従えている。行司が商人たちに叫んだ。

「内与力様の御出座にございますよ！　皆様、お控えなさいッ」

泣き喚いていた商人たちも反射的に正座して平伏する。沢田彦太郎は一同の者たちをじっくりと見据えた。

そうしてから住吉屋藤右衛門に向かって言った。

「住吉屋藤右衛門。問屋よりの訴えがあった。米相場における延べ買い(のがい)の限市(きりいち)が迫っておるようじゃな」

延べ買いとは期日を定めて先物買いをすることをいう。限市とは決算日のことだ。

切手（手形）で取引した時には現物が存在していない米を、期限日を定めて売り買いする。今日の空売りとまったく同じ取引である。

値上がりしようと値下がりしようと期限日には必ず決算しないといけない。決算額が巨大になると、取り立てに町奉行所が乗り出してくる。家財の没収などを代行するのも町奉行所の仕事だ。商取引を厳正に執行することで、商業の安定と信用を確保する。

沢田彦太郎は住吉屋藤右衛門を睨みつける。

「諸大名様がたの蔵屋敷からも、米代の取り立てを厳重にするようにとの依頼が届けられておる。我ら町奉行所としても、諸大名様方より〝よろしく頼む〟と言われたならば否やはない。厳しく取り立てるまでじゃ」

住吉屋藤右衛門は必死に訴える。

「そっ、それがしの娘は上様のご寵愛も篤い富士島ノ局様にございまするぞ！富士島様に訴え上げて上様のお言葉を頂戴いたせば、大名家の催促など――」

「上様は、富士島ノ局の出仕を禁ずる命をお下しなされた！　お中﨟の職を解くとのお考えじゃ！」

「な、なんと……」

「住吉屋、返答やいかに。払えぬならば闕所を言い渡すぞ！」

闕所とは店を更地にすることだ。すべての権利と財産を公収する。大名でいえば御家取り潰しに相当する厳罰だ。

江戸時代、商売を始めようとおもったならば同業者の座や組合に加盟しなければならなかった。その加盟証をも没収されるのだ。商人として再起することは不可能になる。

住吉屋藤右衛門は身震いをするばかりで返事もできない。

(そんな……馬鹿なことが……)

日本一の商人となり、将軍家をも操るはずだった。なぜ突然にこんなことになってしまったのか。

血の気が引く。目眩がした。藤右衛門はよろめいて倒れそうになり、窓の手すりにしがみついた。問屋の広場が見える。商人たちが米の売り買いに狂奔し、大声を張り上げて揉み合っている。

その中で一人だけ、静かに立つ男がいた。顔を斜めにこちらを見上げ、藤右衛門と目が合うとニヤリと笑った。

藤右衛門は「あっ」と呟き、続いて歯ぎしりをした。

「……三国屋徳右衛門！」

藤右衛門は察した。すべては徳右衛門の差し金か。徳右衛門の策によって破産に追い込まれたのか。

(おのれ！　このままにはしておかぬ。これでお終いになるわしではないぞ！)

藤右衛門は心の中でそう叫んだ。

四

藤右衛門の所有する隠れ家に藤右衛門と弥市がやってきた。二人に向かい合って猿喰六郎右衛門が座る。皆、怒りを押し殺した顔つきだ。

弥市が猿喰に向かって言う。

「信号旗のからくりを三国屋に見破られちまったのですかい。逆手(さかて)に取られて贋の米価を伝えられちまったんですね」

失態を責められて猿喰が激怒する。

「大井御前が乗り込んできたのだ！　武田信玄の血を引くあの老婆、甲斐国内では生き神のように崇(あが)められておる。金掘り衆と武田の遺臣どもは大井御前の言いなりじゃ！」

「甲斐に送ったお仲間のお旗本は、どうなりやしたかね」

「江戸に逃げてまいったッ。他に行きようがあるかッ！」

富士島ノ局も駆けつけてくる。

「おとっつぁん！」

藤右衛門の前に急いで膝をついた。今の身分は、もはや大奥中﨟、富士島ノ局ではない。ただの町娘、お藤だ。

「上様はおかんむりだよ。目付役所に命じてお旗本の行状を洗うってさ！」

藤右衛門は腕組みをして唸っている。

猿喰は藤右衛門に向かって問い質した。

「どうするつもりなのだッ。我らはどうなる！　策はあるのかッ」

「どうするもこうするもございませぬ。上様に悪事が露顕してしまったからには、お旗本のご身分は捨てていただくしかございませぬな」

「なんじゃとッ」

住吉屋藤右衛門は腹を括った顔つきだ。不気味な笑みを浮かべた。悪党の凄みを感じさせた。

「なぁに、我らには買い集めた米がある。小判もたくさん集めてある。新たに商いを始めるには十分な元手にございますぞ」

「天下のお尋ね者が、いずこに店を開くと申すかッ」

「そうだよ、おとっつぁん。悪事の証拠が固まれば、あたしらの所へも捕り方が押し寄せてくるのさ」

猿喰が身を乗り出す。

「お前の後ろ楯だと豪語していた徳川家御親藩はどうしたッ。幸千代を殺せば我らを引き立ててくれる約束だったはず！」

「この勝負、我らの負けにございますよ。御親藩は知らぬ顔を決め込むに相違ございませぬ。なぁに、打つ手はございます」

藤右衛門は低い声で笑っている。

「海の向こうに逃げればいい。琉球でも呂宋（ルソン）でも交趾（コーチ）ででも、いくらでも商いはできる」

呂宋はフィリピン、交趾はベトナムのことである。

お藤は悲鳴をあげた。

「異国で生きろってのかい！」

「異国に店を開くのだって悪くはないさ。日本にいるよりも異人相手の商売がやりやすい。長崎でしか交易させない、なんてケチなことは言わないからな」

藤右衛門は娘と猿喰を交互に見た。

「江戸に留まっていたら処刑されるんだ。殺されるんだよ。生きて逃れて異国の商人になったほうがいい。あたしはそう思いますがね」

猿喰は唸る。

「わかった。わしも、切腹させられるのは御免だ。だが」

「だが、なんです？」

「本当に異国まで逃げ落ちることができるのか。公儀には水軍（海上警察）の軍船があるぞ」

「ご心配には及びませんよ。我らには幸千代様という人質がございます。公儀のお役人も迂闊には攻め込んでまいられますまい。……人質なんか死んでもいい、とお考えなら別ですがね」

確かに、徳川家お世継ぎの幸千代ならば、死んでもいいとは誰も思うまい。しかし卯之吉ならば、わからない。

悪党たちは自分たちが捕らえた〝幸千代〟が卯之吉だとは思っていない。幸千代を擁して江戸を脱する策を練り始めた。

＊

卯之吉と銀八はいまだ船倉に閉じ込められている。

銀八は青い顔で口元を押さえた。

「船酔いしたでげす……」

「しっかりおしよ」

「こうも揺られ続けでは、たまったもんじゃねぇでげすよ」

「そうかねぇ。あたしはなんだか揺り籠の中にいるみたいで気持ちがいいけど。お陰でよく眠れたねぇ」

どういう神経の持ち主なのかわからない。銀八はそれどころではない。天井を見上げて、甲板(かんぱん)にいるはずの曲者に向かって訴えた。

「ここから出してやっておくんなせぇ！　気分が悪くて吐き戻しそうでげす！」

「なんだとォ」

甲板から悪党たちの声が聞こえてきた。見張りが何人もいる気配だ。

「辛抱しろ！」

「無理でげす……ああ、吐きそう……」

悪党たちが相談を始める。

「どうする。ずっと閉じ込めとけっていうお達しだったが」

「いつもは米俵を運ぶ船倉だぞ。汚されたら困るぜ」

「仕方ねぇなぁ。おいッ、上がってこい！」

天井の上げ蓋が開けられた。陽光が差してくる。卯之吉と銀八は眩しくて目を瞬(しばた)かせた。

　悪党が覗き込んでくる。

「外に出してやるのは小者だけだぞ」

　梯子が下りてきた。卯之吉は銀八に向かって言う。

「行っておいで」

「へい。しばらくのお暇(いとま)でございやす」

　銀八は甲板に上がった。船は大川の河口に錨を下ろしていた。周りにも大きな廻船が停泊している。大小の小舟も行き交っていた。

　大船には艀(はしけ)（小舟）を中継して積荷が搬入、搬出される。大きな船は座礁の心配があるので桟橋に近づくことはできないのだ。

　対岸に江戸の町が見える。江戸城の櫓と白壁も見えた。

「手の届きそうな所にあるってのに、舟を使わなくちゃ逃げられねぇでげす」

　逃走は絶望的であった。吐き気が込み上げてきて、銀八は舷側(げんそく)の手すりに駆け寄った。

　荒海一家が小舟を漕いでいる。舟には幸千代と源之丞、荒海ノ三右衛門が乗っていた。

一家の子分たちは周囲の船に目を向けて、卯之吉の姿を捜している。

「本当に、八巻の旦那は船に閉じ込められていなさるんですかい」

代貸の寅三は半信半疑だ。

源之丞が答える。

「船乗りから聞き出したんだ。間違いねぇ」

「とは言うものの、こうもたくさんの船が浮かんでいたんじゃあ……」

江戸は百万の人口を抱える大都市で、彼らの生活を支える物資は膨大な量。それらを運ぶ巨大な船が何十隻も停泊中だ。容易なことでは発見できない。

三右衛門は子分どもに注意する。

「旦那を人質に取られてるんだ。敵は必ず見張りを立てていやがるはずだ。オイラたちが嗅ぎ回っていることに気づかれて、旦那のお命を縮められたんじゃたまらねぇぞ」

敵に察知されないようにしながら卯之吉を見つけ出さなければならない。

おまけに困難なことがもう一つあった。

「やいッ、そこの舟！　邪魔だ邪魔だァ」

荷を積んだ他の小舟がやってくる。廻船から荷を下ろして江戸の蔵や商家へと運ぶのだ。あるいは江戸から運び出された荷を積み込む。そういう舟が無数に行き交っていた。

三右衛門たちの舟は当てもなく海上をうろつき回っている。おおいに邪魔だ。よその舟にぶつからないようにしなければならない。

米俵を運ぶ舟がやってきた。帆柱で支えた帆桁(ほげた)を斜めに付け直し、その先端に荷をぶら下げている。吊り木や雲梯(うんてい)とよばれている。異国で言うクレーンと同じものだ。

大海原を行く廻船の舷側は高く作られている。重すぎる荷を艀から廻船に移すとき、人の力ではどうにもならないこともある。吊り木を使う必要もあったのだ。

それにしても江戸とは先進的な町だ。ヨーロッパの技術が長崎経由でもたらされ、暮らしの役に立っている。茫然と見つめる幸千代に三右衛門が説明する。

「あれが轆轤船(ろくろぶね)だ。江戸城の石垣の大岩も、船で運ばれてきて吊り木で河岸に荷揚げされるんですぜ」

「江戸は、大勢の者たちの力で支えられておるのだな」

「おうよ。それだけの人を集めているのが上様のご威光、ご人徳よ」

「うむ……」

幸千代なりに感じるところがあった様子だ。と、その時であった。幸千代は目を見開いて「むっ」と唸った。

「あれは大奥中臈の富士島ではないか」

一艘の艀がこちらにやってくる。船の上に美女の姿があった。

三右衛門も首を傾げる。

「なんとも場違いな姿だな。潮臭い港にゃあ似つかわしくねぇ。御敵は将軍家の若君様と人違いをしてウチの旦那を攫ったんでございましょう？　どうやら関わりがありそうですぜ」

「あの艀、幟を掲げておるな」

幸千代の呟きに寅三が答える。

「住吉屋藤右衛門旦那の蔵印ですぜ」

商家が掲げる紋は家紋ではなくて蔵印と呼ばれる。武家と区別しているだけで用途は同じものだ。所有者が誰なのかを知らせる目的で掲げられた。

三右衛門が手下たちに命じる。

「あの艀を追っけてゆけ。こっそり静かに目立たねぇようにな。若君様も莚をかぶっておくんなせぇ。曲者どもは若君様のお顔を知ってるはずだ」

「心得た」

幸千代は汚れた莚を頭からかぶって身を低くした。三右衛門が富士島に目をやってニヤリと笑う。

「御中臈様も莚をかぶっときゃあ、オイラたちの目につくこともなかったのによ。綺麗な顔とお着物の汚れるのが嫌だったのかい」

住吉屋の艀は一隻の船に近づいていく。

「おっ、あれは銀八ではないか」

源之丞が気づいた。銀八が甲板の上で悪漢たちに小突かれている。

「船倉に戻れ」

という罵声が聞こえてきた。荒海一家の若い子分たちも、

「間違いねぇ、ありゃあ銀八さんだ」

などと言い合っている。三右衛門は大きく頷いた。

「ようやく、オイラの旦那の居場所を見つけたぜ」

幸千代は油断なく目を光らせながら、腰の刀を引き寄せている。

五

ゴオンと大きな音がして、さしもの大船も大きく揺れた。

暗い船倉の底に座っていた卯之吉が顔を上げた。

「おや？　艀が着けられたようだね。荷物が運び込まれるのかな」

銀八は船倉に戻されている。

「やってきたのが荷物ならいいでげすが、悪党たちだったら困るでげすよ。あ
あ、また吐き気がぶり返してきた……」

「しっかりおしよ」

などと言い合っていると、再び天井の蓋が上げられた。

「出ろッ」

梯子も下ろされてくる。

「ああ、やっと外に出してくれるのかい。ありがたいねぇ」

卯之吉は梯子に足をかけた。後ろから銀八がしがみつく。

「やめておくんなせぇ。甲板にはおっかねぇ悪党がいるでげす！」

「だからと言って、ずっとここで暮らすわけにもいかないだろう」

卯之吉はスルスルと上っていく。旦那を放っておくことはできない。銀八は泣きたい思いで後に続いた。

甲板の上は悪相の無頼漢たちでいっぱいであった。取り囲まれて睨みつけられる。卯之吉はニコニコしながら立っている。

艀に下ろされた縄ばしごを伝って、裕福そうな商人が乗り込んできた。銀八が囁く。

「住吉屋藤右衛門さんでげすよ！」

幇間という仕事がら、お大尽たちの顔と名前は記憶している。

卯之吉は「おやおや」と言った。

「住吉屋さんかえ。お目にかかるのはずいぶんと久しぶりだけど、ずいぶんとお太りになったものだねぇ」

卯之吉も豪商の家の子だから、商人仲間の顔ぐらいは見憶えていた。

「太ったことに驚くんじゃなくて、住吉屋さんが黒幕だったことに驚く場面でげすよ」

銀八に注意された。

さらには美女が乗り込んできた。

今度はさしもの卯之吉でさえ、少しばかり驚いてしまった。

「富士島のお局様じゃないか。するってぇとなにかい。悪事の親玉は大奥のお中臈様だってのかい。お芝居の筋書きにも、そんなのはないよ」

「そりゃあ、芝居の筋書きで大奥のお局様を悪者にしたら、お役者も戯作者も座元様も、みんなお役人に捕まって首を刎(は)ねられちまいますから」

「あははは！　おまえにしては面白いことを言うね」

どういう理由でなのか、笑いのツボに入ったらしい。卯之吉が高笑いしたので悪党たちがギョッとなった。

悪党たちは幸千代だと思い込んでいる。将軍家若君の余裕（のように見える哄(こう)笑(しょう)）に感心したり、あるいは威に打たれたような顔をした。

富士島ノ局あらためお藤が卯之吉の正面に立つ。勝ち誇った顔つきだ。ここは大川河口近くの海の上。しかも大勢の悪党に取り囲まれている。幸千代は絶体絶命だ――と信じきっているのだろう。

卯之吉は笑顔で低頭した。

「これは富士島のお局様。本日も良いお日和で。ところでこれは、どういった余興でございましょうね」

　お藤は「フン」と鼻を鳴らして嘲笑った。

「余興などではございませぬよ、幸千代君。あたしたちにとっては命懸けの大事。あなた様には人質になっていただくのさ」

「そろそろ帰していただけませんかねぇ。わたしもたいがい放蕩者ですが、さすがに三日も家を空けるっていうと、皆が心配することでしょう」

「畏れ多きことだけど御意には従えません。若君様にはあたしらと一緒に、遠い異国までご同道願うのさ」

「この船で異国に行くのかい？　おお、それは面白そうだ」

　銀八が慌てて着物の裾を引っ張った。

「悪党の人質で異国に行くのは辛いでげすよ。それに若旦那は将軍家の若君様じゃねぇでげす」

「うん」

「どうしたって人質の役には立たねぇお人なんでげすから、そろそろ本当のご身分を明かしてですね、解き放ってもらったほうがよろしいでげすよ」

「お前がそう言うのなら、そうしようかねぇ」

　卯之吉は住吉屋藤右衛門に向かってニコーッと微笑みかけた。

「お久しぶりですねぇ住吉屋さん。あたしですよ」

話しかけられた藤右衛門は怪訝な顔をした。だが、卯之吉の顔には見覚えがあったらしい。頭の中の記憶を辿っている、そういう表情を浮かべた。

「……あっ、お前は、三国屋の、穀潰しの、放蕩息子じゃないか！」

「酷い言われようですねぇ。そうですよ。三国屋の卯之吉です」

卯之吉はニヤニヤと笑みを絶やさない。この場でどうして楽しそうに笑っていられるのか、銀八にはまったく理解できない。

お藤には、どういう状況なのかがわからない。父親に問い質す。

「なにを言ってるんだい、おとっつぁん！」

卯之吉が答える。

「あたしは将軍家の若君様なんかじゃないんです。傭われた替え玉なんですよ。という次第で皆様のお役には立てませんねぇ。申し訳ないことです」

腰から下げた莨入れから煙管を出した。

「銀八、火はあるかい？」

莨まで吸おうとしている。卯之吉の人となりを知らない者の目には、恐ろしいまでの余裕だと映ったに違いない。

藤右衛門は動揺している。

「た、確かに三国屋の放蕩息子……馬鹿な、どうしてこんなことに」

「騙されるんじゃないよ、おとっつぁん！　こいつは幸千代さ！　本多出雲守や大井御前の前でふんぞり返ってたんだから間違いない！」

卯之吉は余裕の笑みだ。

「いやあ、あたしはいつものように振る舞っていただけですがねぇ。ふんぞり返っていた、だなんて人聞きの悪い」

「お藤、おとっつぁんの目に間違いはない。この男は三国屋の放蕩息子だよ！」

お藤は美貌を夜叉（やしゃ）のように歪めさせた。卯之吉にビュッと指を突きつける。周囲の悪党たちに向かって叫んだ。

「殺しておしまい！」

甲板には江戸に巣くった悪党たちもいる。猿喰六郎右衛門が銭で傭った者たちだ。

卯之吉は「おや」と不思議そうな顔をした。

「あたしは大事な人質だったのでは？　殺してしまっていいのですかね」

「贋物なんかに用はないのさ！　あんたが死んでも、もう一人、人質がいるんだからね！」

「えっ、それはどちら様のことですかね。公儀のお役人はすぐに押しかけてきますよ。軍船だってお持ちだ。とてものこと、南の国まで逃げることなんかできやしないと思いますがねぇ」

「公儀の役人が畏れて手出しができなくなるような人質さ」

悪党たちが刃物を手にして踏み出してきた。ところがその連中が卯之吉の顔を見てギョッとなる。恐怖を顔に滲ませて騒ぎ始めた。

「南町の八巻だッ」

「間違いねぇ！　枯骨長屋に殴り込み、赤林の旦那をぶった斬った役人だ！　鶴川一家を一網打尽にしやがった！」

卯之吉は「ほう」と言った。

「あんた、あの夜にあの場所にいたのかい。あそこから逃げ出すことができたとは、たいしたものだねぇ」

まるっきりの他人事なのだが、悪党たちは〝辣腕同心の余裕〟だと受け止める。

別の悪党も喚いている。

「野郎は清少将と佐藤篤清を斬りやがった！　人斬り同心だッ」

悪党たちは勝手に怖じけづいている。甲板の上に立つ卯之吉を遠巻きにしたまま尻込みを始めた。

お藤が怒鳴る。

「なにやってるんだい！　殺っておしまい！」

だが斬りつけることのできる者はいない。卯之吉が首を巡らせて目を向けただけでザワザワッと後退りする有り様だ。

その時であった。住吉屋の船に勢いよく小舟が漕ぎ寄ってきた。

「旦那ァ！　一の子分の三右衛門が助けにめぇりやしたぜ！」

卯之吉は「おやおや」と微笑んでいる。

「荒海の親分だよ。いつもながら声が大きいねぇ」

鉤縄が投げ込まれた。荒海ノ三右衛門が乗り込んでくる。卯之吉が取り囲まれているのを見て、いきなり怒りの頂点に達した。

「許せねえ！　皆殺しにしてやるッ」

長脇差を抜いた。悪党たちに躍りかかってたちまち二人を蹴り倒し、一人を斬り倒した。船乗りたちは慌てて逃げまどう。

幸千代も乗り込んでくる。その顔を見て、お藤が、藤右衛門が、悪党たちが、仰天した。「幸千代君が二人ッ？」だの「ど、どっちが本物の八巻だ」だのと叫んでうろたえた。

幸千代はたちまち不逞旗本を峰打ちで倒す。卯之吉に向かって叫んだ。

「悪党は我らが引き受けた！　その隙に逃げよ！」

小舟の帆柱には源之丞がよじ登っている。

「卯之さんッ、海に飛び込め！」

卯之吉は銀八に顔を向けた。

「行くよ」

言うなり舷側にかけ寄って、波除け(なみよ)の垣立(かきだつ)を飛び越えた。

「若旦那ッ、あっしは泳げねぇんでげすッ」

銀八は鼻をつまんで目を閉じると、覚悟を決めて水面に身を投げる。ドボン、ドボンと二つの水柱が上がった。荒海一家の子分たちが腕を伸ばして二人を舟に引き上げた。

源之丞が叫ぶ。

「卯之さんは無事だッ。三右衛門！　若君ッ、引けッ」

　今は多勢に無勢だ。敵の船にいつまでも留まっていたら返り討ちにされてしまう。

「櫂（かい）を漕げッ」

　三右衛門と幸千代も小舟に飛び移る。寅三が、
　と子分たちに命じた。小舟は全速力で住吉屋の廻船から離れる。

　三右衛門が敵に向かって啖呵（たんか）を切った。

「手前ぇらの悪行は、南町奉行所一の同心様、八巻の旦那がぜんぶ見届けたぜ！　一人残らず獄門送りにしてやらぁ！　首を洗って待っていやがれッ」

　小舟は軽いぶんだけ速度が出る。荒海一家の逞（たくま）しい男たちが漕いでいるから尚更だ。住吉屋藤右衛門の一味は追ってくることもできなかった。

　三右衛門が卯之吉の前に拝跪（はいき）する。

「旦那ッ、よくぞご無事で！」

　卯之吉はプカーッと莨をふかしている。

「皆さん揃ってお出かけでしたかね？　港見物とは凝った趣向だよ」

　本気でそう思っているのだが、三右衛門は勘違いしたうえに感服している。

「旦那にゃあ敵（かな）わねぇ。まったくてぇした貫禄だ！」

源之丞が帆柱からおりてきた。

「ともあれ船手奉行所に急ごうぜ」

船手奉行所は江戸の海上警察である。

卯之吉は「待って」と言った。

「富士島ノ局様が妙なことを言っていたよ。このあたしの他にも人質はいるんだって。身分の高い貴人だって言ってたけど。……いったい誰のことだろうね」

「なに？」

と眼光を鋭くしたのは幸千代であった。

「彼の者の一味には甲府勤番の不逞旗本どもがいる。奴めらが攫うことのできる貴人と申せば……。まさか、真琴姫か！」

*

本多家下屋敷、真琴姫の座敷。真琴姫と美鈴が向かい合って座っている。不安を静めるために茶を点てて喫していた。

と、そこへ、荒々しい足音が聞こえてきた。何人もが廊下を駆けてくる。

美鈴はサッと片膝を立てて刀を引き寄せた。座敷の障子が外から手荒に開けられる。不逞旗本たちが無礼にも踏み込んできた。

「何事ですかッ、真琴姫の御座所(ござしょ)にございますぞッ」

美鈴が叱声(しっせい)を発するが、旗本たちは膝すらつこうとはしなかった。

先頭を切ってきたのは猿喰六郎右衛門だ。真琴姫を睨み下ろしてくる。

「我らとご同道願いたい」

真琴姫の代わりに美鈴が問い返す。

「なにゆえにございましょうや」

「我らは身分を捨て、主君を捨て、異国に逃れることにいたした。姫君には人質におなりいただく」

「無体な!」

「お前になど言うておらん!」

美鈴が刀を抜く。猿喰も抜刀した。刀と刀が激突し、削られた刃が火花となって散った。鍔(つば)迫(ぜ)り合いで互いを押し合う。

不逞旗本たちが真琴姫を取り囲んだ。刀を突きつけて美鈴を脅す。

「刀を捨てろ!」

美鈴は唇を噛んだ。こうなっては仕方がない。刀から手を放す。刀は畳の上に落ちた。

「どこまでも卑劣な！　それでも直参旗本ですか！」

「抜かせ」

猿喰は刀の柄で美鈴の鳩尾を打った。美鈴は「うっ」と呻いて崩れ落ちる。そのまま気を失った。

意識が遠のくなか、

「美鈴ッ、美鈴ッ」

と姫の悲鳴が聞こえた。


本多出雲守の屋敷から女物の乗物が二梃、出ていく。ひとつには真琴姫が、もう片方には気を失った美鈴が乗っていた。駕籠の周りを不逞旗本たちが守っている。一見すると姫の乗物を守るお供に見える。怪しまれることはまったくない。堂々と江戸の町中を進んでいった。

ところが、その行列を怪しんだ者が一人だけいた。

「あの侍たちは、幸千代様の御敵の不逞旗本……！」

菊野である。深川で暴れる不逞旗本たちの顔は見憶えている。

本多家下屋敷の門をくぐっていこうとした武士を呼び止める。

「もぅし、あのお乗物についてお訊ね申します」

武士が足を止めて振り返った。美鈴の父の溝口左門であった。

「おう、そなたは八巻殿が馴染みとしておる深川の……」

左門も菊野の顔は見知っていた。

「我が娘の相談に乗っていただいておるそうじゃな。礼を申す」

「ご挨拶はのちほど。今、こちらのお屋敷から駕籠が出ていきましたが、怪しゅうございます。お乗物のお供が、行状の良くないお旗本ばかり」

「なにゆえ旗本の行状について知っておるのだ」

「そりゃあ、深川の芸者ですもの。お旗本の行状を検めるのは目付役所のお仕事。ですが遊里で働く者たちは、お目付様よりもお旗本様の悪行には詳しくなります。なにしろ目の前でお旗本様がたの乱暴狼藉を見ているのですからね」

溝口左門にも覚るところがあった。「うむ」と頷く。

「本日は、お乗物が屋敷を出る予定がない。確かに怪しい」

そこへ、怪我をして血まみれとなった別式女の楓が現われた。御殿の中から出てきて倒れる。溝口左門が抱き起こす。楓は息も絶え絶えに訴えた。

「勤番の旗本による謀叛にございます……真琴姫様と美鈴殿が攫われ……」

「なんと！……しまった！　町奉行所の警固が解かれた隙を突かれたか！」

菊野も驚いている。

「すぐに助けに行かないと！　お乗物の行った道は見届けております！」

「よし！」

左門は楓を門番に託すと、袴の裾をたくし上げて走り出した。菊野も走る。


大川に面して住吉屋の蔵が立っている。日本一の豪商の地位に手を掛けていた住吉屋だ。十を超える蔵が建ち並び、豪奢な寮（別邸）も併設してあった。

町奉行所の同心たちが御用提灯を掲げて取り囲んでいる。蔵と寮は高い塀によって囲われていた。盗っ人が塀を乗り越えることができないように〝忍び返し〟という金具まで取り付けられてあった。

「くそう、こうも厳重じゃあ捕り方を突っ込ませることもできねぇ」

同心の尾上が悔しがる。玉木も思案投首だ。

「塀の内側では不逞旗本たちが刀を抜いて待ち構えてる。迂闊に飛び込んでいったなら、塀を越えた順番に膾斬りだぞ」

そこへ旅装の村田銕三郎がやってきた。玉木が挨拶する。

「あっ村田さん、今日、甲斐からお戻りで？」

「のんびり挨拶している場合かッ。状況を言え！」

「寮は町奉行所で取り囲んでいます。姫様が勾引(かどわ)かされたっていう報せの届くのが早かったんで、沖合の廻船に連れ去られるのだけは阻止できました」

「つまり姫様は、この寮のどこかに閉じ込められてるってことかよ」

「せめて、どこにいるのかがわからないとねぇ。救い出すのも難しいですよ」

屋敷の中から大声が聞こえてきた。

「捕り方を引き上げさせろッ。我らの邪魔をいたさば姫の命はないぞ！」

尾上が村田に言う。

「奴らは伝馬船(てんません)を要求しています。沖に停泊中の廻船に逃げ込むつもりでしょう」

捕り方が梯子を抱えてやってきた。指揮しているのは内与力の沢田彦太郎だ。陣笠と捕り物装束(しょうぞく)で身を固めている。長十手をサッと振って「行け」と命じた。

捕り方が塀に梯子をかける。素早く上って寮の中に突入しようとした。

だが、寮の中から矢が飛んできて、たちまち射抜かれ、梯子の上から転げ落ちた。玉木が目を丸くする。

「不逞旗本の中には弓矢の上手もいるようです。これじゃあ塀を乗り越えることができない」

寮の中から再び声がした。

「無駄なことはやめろッ。我らは気が短いのだ！　伝馬船はまだかッ」

沢田彦太郎が答える。

「上様のお許しが得られぬかぎり我らは何もできない！　上様のご裁可を待つべし！」

「姫君を殺されても良いのかッ」

「女人を人質に取るとは武士らしからぬ振る舞い！　貴公らに旗本としての矜持があるのなら、姫君を即刻、解き放つべし！」

「ならば代わりに幸千代を連れてこいッ。幸千代が人質になると申すなら、姫の命は助けてやってもよいぞ！」

寮の中から大声で笑う声がした。沢田は「おのれっ」と歯嚙みした。

沢田の後ろから一人の影が踏み出してきた。

「わしが行こう」

松明の炎が横顔を照らす。沢田彦太郎は「なりませぬ」と言った。

「みすみす敵の手中に飛び込むとは、愚策にございまする！」

尾上が唇を尖らせている。

「なんだよ八巻。お前の出る幕じゃないぞぉ。この場は先達の俺たちに任せておけ。新米同心はすっこんでろ」

玉木も同調して「うんうん」と頷いている。

もちろんそこにいるのは卯之吉ではない。幸千代だ。

「敵はわしを人質に名指ししてきたのだ。姫の命がかかっておるのだ。ゆかねばならぬ」

尾上は苦笑した。

「なに言ってんの。人質に名指しされたのは幸千代様で、お前じゃないだろ？」

「余が幸千代じゃ」

「あら。お前、まだ自分のことを偉い殿様だと勘違いしてたの？」

沢田彦太郎が大慌てで割って入った。

「ば、馬鹿者ッ、無礼があってはならぬ！　こちらにおわす御方こそが、上様の弟君、幸千代様なのじゃ！」

「えっ。どう見たって八巻でしょうに」

「あたしならここにいますよ」

卯之吉がヒョコヒョコと歩んできた。同心たちは仰天して、幸千代と卯之吉の顔を交互に見ている。口をアングリと開けて言葉もない。

幸千代は卯之吉の前に立った。

「八巻、わしは行くぞ。止めても無駄だ。真琴が悪人どもの虜となっておる。わしは胸が張り裂けそうだ。居ても立ってもいられぬ」

「お気持ちはお察ししますよ。あたしも美鈴様を人質に取られていますからねぇ。ですが闇雲に突っ込んではいけません」

「なんぞ良き策でもあるのか」

「ええ。まぁ、首尾よく運ぶかどうかはわかりませんけれども」

そこへ一台の荷車が、車引きの男に引かれてやってきた。一人の女を従えている。

幸千代が質す。

「なんだあれは」

卯之吉はいつものように薄笑いを浮かべた。

「寮の中の皆様への差し入れですよ。お腹が空いた頃合いでしょうからね」

六

荷車は寮の門前に着いた。荷車と一緒に歩いてきた女が「もうし」と声を上げた。

「深川の料理茶屋より仕出しの弁当を持って参じました。中に入れておくんなさいよ」

顔を隠していた手拭いの被りものを取る。冴え冴えとした美貌が照らされる。菊野であった。

門は木の柵や土俵(つちだわら)で封じられている。不逞旗本たちが顔だけ出して様子を窺っていた。

「なんだお前は」

「あい。南町のお役人様方が仰るには、お姫様がお腹を空かせていたら大変とのことで、弁当の仕出しを命じられました。もちろん、皆様方の分もご用意してございます」

不逞旗本たちは顔を見合わせた。

「弁当か」

「車引きの一人と給仕の女の一人ぐらいなら、入れてやってもよかろう」

旗本たちも腹を空かせている。

「ようし、入れ！　くれぐれも妙な真似はするなよ。女人だとて容赦せぬぞ！」

柵と土俵がどけられて荷車は寮の中に入った。

荷台にかけられていた布が取り除かれる。積まれていたのは重箱に入れられた弁当だ。確かめてから旗本の一人が頷いた。

「よかろう。姫のところへ持っていけ」

「どちらにいらっしゃるので？」

「右から二番目の蔵だ」

「それじゃあ御免ください」

菊野が重箱を抱えると、旗本が注意した。

「蔵の周りには柴を積んである。油をかけてあるからな。くれぐれも火の扱いには気をつけろ。うっかり火がついたなら、この寮じゅうが炎に包まれるぞ」

「あら恐ろしい。どうしてそんな危ないことを」

「事が成就せぬ時には、我らは姫とともに焼け死にをする覚悟だ。南町奉行所にもそう伝えるがよい」

旗本たちの目つきは只事ではない。正気を失った顔つきであった。

蔵の鍵が開けられた。菊野は中に入った。奥の壁を背にして真琴姫が座り、姫を背後に庇う場所に美鈴がいた。

「ああ、お二人とも無事でよかった」

菊野は胸を撫で下ろした。一方、美鈴は驚いている。

「菊野さん、どうしてここへ」

菊野は二人の前に進んで膝を揃えた。

「卯之さんの使いですよ。卯之さんはお二人を助ける策を練っているところです」

真琴姫が問う。

「我が君は？」

菊野はニッコリと微笑んだ。

「姫様のことが心配で『代わりに自分が人質になる』と仰って、奉行所の皆を困らせていましたよ」

「我が君が……」

真琴姫には驚きと喜びと心配とが一緒に押し寄せている。菊野は微笑ましそうに目を細めた。

「若君は必ず助けに来てくださいます。ですからご飯を食べて、元気をつけておいてくださいましな」

「わかりました。美鈴、いただきましょう」

菊野は美鈴にも頷いて見せる。「卯之さんを信じて」と、その一言だけで思いが伝わった。


菊野が戻ってきた。同心たちは近在の小屋に集まっている。内与力沢田の指揮所にもなっていた。

「姫様と美鈴さんは西から二番目の蔵に閉じ込められていました」

寮の指図（地図）が用意されている。沢田は問題の蔵に朱墨で丸印を書き込んだ。菊野は続ける。

「寮の中のいたる所に油をかけた柴が積んであって、火を放つ用意がされてましたよ」

沢田が唸る。

「炎の中で自決をする覚悟か」

幸千代が質した。

「して、いかにして姫を救い出すのだ。……八巻よ、どうする」

卯之吉は笑顔だ。

「居場所がわかったのなら遠慮なくやりましょう。人質のお二人を救い出すために乗り込みましょう」

なにやら余裕の笑みだ。この場の一同は「お、おう……」と頷くしかない。


「これが三十匁(もんめ)大筒です」

銀八が必死になって持ち上げているのは、極めて巨大な火縄銃であった。通常の火縄銃は三匁の弾を発射するが、この大筒はその十倍の重さの弾を撃ち出す。(一匁は三・七五グラム)もはや大砲と呼んでよい。

大気者(たいきもの)の源之丞も茫然としている。

「こんな物、どこから持ってきたんだよ？」

「江戸では鉄砲の持ち込みは厳しく咎められますからね。お大名屋敷にだって大筒はございません。上様よりお借りしたんですよ」

「将軍様からだとォ?」

「出雲守様が無理を言ってくださいましてね。すると上様は喜んでお貸しくださったそうですよ」

幸千代に顔を向ける。

「上様は、『弟の苦難を見過ごしにはできぬ』との仰せだったそうです」

「兄上が……」

幸千代は感動を抑えかねる顔つきだ。

卯之吉は「さあ！」と叫んだ。

「この大筒で塀を撃ち破るのですよ」

「よし、俺がやろう」

源之丞が大筒を抱えた。これを抱え撃ちという。大砲を腰だめに構えて撃つのだ。怪力の持ち主にしか成し得ぬ技だった。

源之丞が引き金を引くと火柱とともに砲弾が発射された。寮を守る壁が崩れて大穴が空いた。

すかさず沢田彦太郎が采配を振り下ろす。

「今ぞ！　討ち入れッ」

村田銕三郎たち同心と、町奉行所の捕り方が雄叫びを上げて突入した。

猿喰六郎右衛門は不逞旗本たちを率いて門の内側を守っている。と、寮の裏手で爆音が轟き、つづいて「わあーっ」と喊声が聞こえてきた。

「何事かッ」

目を剝いて喚く。住吉屋の手代、弥市が走ってきて告げた。

「裏手の塀を破られやした！　捕り方が雪崩れ込んでおりやす！」

「なにィ」

御用だ、御用だ、という声が聞こえてくる。弥市は動揺している。

「壁を大筒で撃ち崩されたんでございやす！　まさかそんな所から攻め込んでくるとは思いもよらず、守りが手薄なんでございやす！」

猿喰は歯ぎしりする。不逞旗本たちは表門を守るために配置している。

「住吉屋で雇った悪党だけでは支えきれぬッ。わしが行くッ」

猿喰は刀を摑んで走り出す。

寮の庭や蔵の前の広場は乱戦の真っ最中だ。不逞旗本と悪党たちが町奉行所の捕り方と戦っている。猿喰は激怒して叫んだ。

「町方は引けィ！　我らは直参旗本！　町奉行所の詮議を受ける謂れはないッ」

筆頭同心、村田銕三郎が怒鳴りかえす。

「この期に及んで、まだ旗本風を吹かすつもりかッ」

「旗本の取り締まりは目付役所の仕事であろうッ。町方風情の出る幕ではないッ。貴様らが我ら旗本に縄を掛ければ旗本八万騎が黙っておらぬぞ！　目付役所もお前たちの越権行為を黙過せぬ。町奉行は責めを負わされ、罷免を申しつけられるであろう！　それでも良いのかッ」

村田銕三郎は歯ぎしりする。同心たちも困惑顔だ。

「ど、どうします村田さん」

尾上が村田の顔を覗き込む。『旗本全体の体面に泥を塗る』や『目付役所の職権を侵害している』と主張されれば、町奉行所には打つ手がない。

悪党たちと捕り方が、一時、闘争の手を止めて睨み合った。

その時であった。幸千代が前に踏み出してきた。

「我は将軍家舎弟、幸千代であるッ。将軍家よりのご下命を言い渡す」

胸に文を挟んでいる。封紙には〝下〟の一字がしたためてある。将軍からの御教書の印だ。

幸千代は御教書を摑むと、封紙ごと大きく突き出して皆に見せつける。

「上様のご下命により、この幸千代が不逞旗本退治を仰せつかったッ。上様に代わりて南町奉行所の者どもに命ずる！　悪党どもを捕縛せよッ。大身旗本だとて容赦はいらぬ！」

同心たちと捕り方が「おう！」と声を上げた。長十手と六尺棒を振るって悪党たちに襲いかかった。

幸千代も黙って見てはいない。自らも刀を抜くと峰打ちで不逞旗本を打ち据えていった。悪党たちを殴り倒しながら、真琴姫が捕らえられている蔵に向かって突き進む。

蔵の扉を開けようとした。だが、開かない。

「鍵がかけられておる！」

住吉屋が傭った悪党たちは捕り方の棒でさんざんに打たれた。旗本の刀も次々と叩き落とされた。

不利を覚った猿喰が逃げようとする。その前に村田銕三郎が立ちはだかった。

「手前ぇが仕組んだ悪事の数々、隠密廻り同心の俺が残らず調べ上げたぜ！　年貢の納め時だッ。観念しやがれッ」

「黙れ下郎ッ」

猿喰が刀で斬りかかる。村田が十手でガッチリと受けた。十手の鉤になった部分で挟み込み、きつく捻（ひね）ると梃（テコ）の力で相手の刀身に負荷がかかる。さらにグイッとねじ込むと猿喰の刀がポキリと折れた。

「わしの刀が！」

村田は十手で猿喰を打ち据えた。猿喰は「ぐわっ」と呻いて膝をついた。

村田は捕縄で猿喰を縛りつけていく。

寮の縁側を住吉屋藤右衛門があたふたと走っている。その前に同心尾上が立ち塞がった。十手を突きつけると藤右衛門はヘナヘナとその場にへたり込み、さらには顔を覆って泣きだした。娘を使って将軍を操り、日本一の商人となって天下の商業を我が物にしようとした男とは思えぬ惨めな姿であった。

千里眼を騙（かた）った詐欺師の呑龍も捕り方に小突かれながらやってくる。すでに縄を掛けられていた。

尾上が藤右衛門に縄を掛けるのを村田銕三郎が見守っている。

そこへ玉木が走ってきて報告する。

「姫様を見つけました。ですが蔵の扉に鍵がかかってます」

蔵の扉は捕り方たちが掛け矢で打ち破ろうとしている。掛け矢とは大きな木槌のことで、建物の解体に使われる。だが、さすがは黄金を納めておく蔵。鉄の扉の頑丈さは掛け矢で殴ったぐらいではびくともしない。

村田は藤右衛門の胸ぐらを摑んで問い質す。

「鍵はどこにあるッ」

藤右衛門は顔を歪めて答えた。

「娘のお藤が……身につけております」

お藤は寮の奥座敷に一人で座っている。高麗茶碗を手にして静かに茶を喫していた。

濡れ縁を弥市が走ってきた。障子を開けて告げた。

「お嬢、これまでだ！　旦那さんも捕まったッ」

「おとっつぁんの悪運もこれまでかい」

お藤は茶碗を置いて立ち上がった。弥市に命じる。

「火をお放ち」

「なんですって！　寮の四方を捕り方に取り囲まれて逃げ場はねぇ。お嬢も焼け死にますぜ」

「わかってるよ」

お藤は般若面(はんにゃめん)の形相だ。

「真琴姫を焼き殺してあたしも死ぬのさ。せめてもの意趣返しだ」

部屋の中を照らしていた行灯(あんどん)を摑むと障子の外に投げつけた。油をかけた枯れ柴が庭にも積まれてある。たちまちに燃え広がった。紅蓮(ぐれん)の炎に照らされながらお藤は高笑いした。

弥市は舌打ちする。

「父娘(おやこ)揃って正気じゃねぇ！」

そう言い残して走り去った。

炎が寮の建物に燃え移る。お藤は満足そうだ。

「燃えろ燃えろ！　景気よく燃えるがいい。江戸の町娘を舐めるんじゃないよ。姫も捕り方も焼き殺してやる。火事と喧嘩は江戸の華。これが江戸の町娘の心意気さァ」

高笑いを響かせたその時であった。

「江戸の町娘を騙るんじゃあないよ。あんたみたいな性悪女に江戸の町娘を名乗られたら、おおいに迷惑ってもんさ」

部屋の外から威勢の良い啖呵が聞こえてきた。

「誰だッ」

菊野が座敷に入ってくる。

「あたしゃ深川芸者の菊野って者（もん）さ。大奥の御殿女中と深川芸者は江戸の娘たちの憧れだ。あたしら芸者は娘さんたちをがっかりさせねぇように、心の張りを第一にお座敷を務めてる」

「だから、なんだってんだいッ」

「娘たちの憧れのもう片割れの御殿女中に無様な真似を晒（さら）されたんじゃァ、黙っちゃいられないのさ！　不始末をしでかした女を、男のお役人に裁かせるわけにゃぁいかないね！　女のあたしがケリをつけてやる！」

菊野は小太刀をビュッと構えた。

「深川芸者と大奥女中、どっちが上か、勝負だよ！」

「しゃらくさいね！」

お藤も懐剣を抜いた。キッと睨みつけ、菊野を目掛けて斬りつけた。菊野は華麗によける。長い袖が蝶の羽のように広がった。

炎に包まれた座敷で、二人の美女が長い袖を振り回しながら渡り合う。逆手に握った懐剣どうしが激突し、火花を散らした。

刃と刃で押し合うところで菊野がお藤の脛を蹴る。「あっ」と叫んでお藤は着物の裾を乱して転ぶ。菊野は馬乗りになって小太刀を突き出す。お藤の顔のすぐ横の畳にグサッと突き刺さった。

お藤は悲鳴を上げた。

「か、顔だけは傷つけないでおくれ……！　綺麗な顔のままで死にたいんだ！」

菊野は「ふんっ」と鼻を鳴らすと、お藤の胸から蔵の鍵を奪い取った。

火の廻りが早い。蔵の前には同心たちが集まっている。そこへ菊野が駆け込んできた。

「鍵だよ！」

「おう！」

村田が受け取って鍵穴に差し込み、蔵の鉄扉(てっぴ)を開けた。

「解錠したぞ！　開けろッ」

尾上と玉木が重い扉を横に滑らせようとした。が、上手くゆかない。尾上が叫んだ。

「掛け矢で叩いたせいで歪んじまったんだ。くそっ！」

同心三人がかかりで無理やりにこじ開ける。ようやく一人が通れるほどの隙間が開いた。

蔵の中にも火の手が廻っている。真琴姫が咳き込み、美鈴が背中をさすっていた。

扉が開いた。村田銕三郎の顔が覗いた。

「姫はご無事かッ」

美鈴は叫びかえす。

「姫様はこちらにおわします！　姫様！　救いが参りましたぞ！」

姫を立ち上がらせる。煙を吸ってしまった姫は足どりも覚束ない。

扉の細い隙間に姫を押し込む。向こうでは同心たちが姫の手を取って引っ張り出した。

「真琴！」

幸千代が駆けつけてきた。真琴姫も幸千代に気づく。

「我が君……!」

駆け寄ろうとしてよろめく。幸千代が両腕でしっかり抱き留めた。

「無事でよかった!」

「必ずや我が君が助けにきてくださると、信じて待っておりました」

真琴姫も涙で濡れた頬を幸千代の胸に埋める。

美鈴も扉をくぐって外に出る。そしてハッと気づいた。不逞旗本たちが刀を振りかざしてやってきたのだ。

「皆殺しだッ。地獄への道連れにしてやるッ」

もはや正気を失っている。

美鈴は浪人たちの前に立ちはだかった。美鈴は空手で立ち向かう。

旗本が大上段から刀を斬り落としてきた。美鈴は素早く間合いを詰め、相手の懐に飛び込み、鳩尾を拳で一突きした。

「ぐわっ」

旗本が呻く。気息が乱れた隙を突き、美鈴は掌底で相手の刀の柄頭を下から思いきり叩き上げた。相手の手から刀がすっぽ抜ける。空中に飛んだ刀の柄を美鈴は摑んで奪い取った。

　摑み取った時にはもう峰を返している。

「たあーっ！」

　気合一閃、刀を振るう。峰打ちで旗本を打ち据えた。

「ぎゃあああッ」

　旗本は真後ろに吹っ飛ばされて倒れ、そのまま気を失った。

　しかし別の旗本が駆けつけてくる。美鈴は油断なく構えつつ、背後の幸千代に向かって叫んだ。

「早くお逃げくださいッ。ここはわたしが防ぎます！」

　幸千代も立ち向かおうとしたが、腕の中で真琴姫が気を失っている。村田銕三郎も促す。

「若君ッ、今はお逃げください！」

　苦渋の決断だ。

「美鈴、すまぬ！」

　幸千代は真琴姫を抱えて走り出す。同心たちも周囲を守って走り去った。

「タアッ！」

美鈴は不逞旗本を倒した。すかさず身を翻して真琴姫の後を追おうとしたところで、目の前に焼け崩れた家屋が倒れてきた。逃げ道を塞がれてしまう。

「美鈴、櫓だ！　櫓へ逃げろ」

炎の向こうで幸千代が叫んでいる。美鈴は上を見上げた。寮の屋根の上に櫓が建っている。旗信号を遠望するためのものだ。

美鈴は梯子を摑んで櫓に上った。周囲は火の海だ。火に包まれていない場所は櫓しかない。

櫓に立って下を見下ろす。幸千代と真琴姫は塀の穴から敷地の外に出た。内与力の沢田たちに迎えられている。その光景が高い場所からよく見えた。

「よかった。ご無事だった」

ホッと安堵の吐息を吐いた。と同時に自分の置かれた状況も理解する。

周りは炎に包まれている。この櫓もいずれは焼け落ちるだろう。

「卯之吉様……美鈴の命はここまでです……」

刀の切っ先を自分の喉に向ける。敵が放った炎で焼き殺されるぐらいなら、武士の娘らしく、我が身を突いて一息に死ぬ。

「せめて最期ぐらいは、あなた様の腕に抱かれて死にとうございました。それが美鈴の願いでした……」

　美鈴の頬を涙が伝った。

　その時であった。

「美鈴様〜！」

　卯之吉が夜空を飛んでくる。素っ頓狂な声を上げている。美鈴は自決しようとしていたことを一瞬にして忘れ、「えっ……」と間抜けな声を上げてしまった。

　空を飛んできた卯之吉が櫓にビタッと張りついて止まった。

「お助けに参りましたよ。さぁ行きましょう。ここにいたら焼け死んでしまいますからね」

　卯之吉は太い綱で身体を縛っていたのだ。綱は滑車を介して吊り木に繋がり、帆桁は帆柱で支えられていた。掘割に船が浮いている。廻船に重い荷を運び入れるための轆轤船（クレーン船）だ。船には荒海一家と源之丞、溝口左門が乗っていた。轆轤と吊り木を力一杯に操っている。

「さぁ美鈴様。火の手が回らないうちに」

　卯之吉が手を差し伸べる。美鈴は刀を捨てて卯之吉の首に抱きついた。刀が床にカランと落ちた。

「いきますよ！」

卯之吉が櫓を蹴って宙に飛びだす。轆轤船の上では源之丞が叫んでいる。

「今だッ、吊り木を回せッ」

三右衛門と荒海一家、溝口左門が帆柱を回した。吊り木がグウンと大きく旋回し、卯之吉と美鈴は縄で吊られるがままに宙を飛んだ。

眼下は大火事。炎の上を飛ぶ。

「もう大丈夫ですよ」

卯之吉が囁く。寮の外にも目を向けた。

「真琴姫様もご無事に救い出されたのですねぇ。南町奉行所の大手柄だ。これで沢田様も出雲守様の前で冷や汗を流さずにすむでしょう」

「あなた様も南町奉行所の同心様。真琴姫を助けにゆかずともよかったのですか」

「お姫様は皆で助けるから大丈夫ですよ。あたし一人ぐらいは、美鈴様を助けにゆかないとねぇ」

卯之吉はニッコリと笑った。

「お江戸の町明かりのなんと綺麗なことでしょう。天のお星さまみたいだ。お城の白壁もよく見えますよ」

　いかにも卯之吉らしい呑気な物言いをする。

「旦那様は本当におかしな人です」

　美鈴はいろんな感情が込み上げてきて自分でも抑えきれなくなり、卯之吉にしがみついて泣いた。

　銀八が船の上で騒いでいる。

「いよっ、若旦那！　夜空を飾る織り姫様と彦星様！」

　卯之吉は呆れている。美鈴は涙を流しながら噴き出した。

「本当に間の悪い銀八さん」

　吊り木を支える帆柱を回しながら、源之丞が叫んでいる。

「いいぞ！　吊り木をゆっくり下ろせ！」

　吊り木の反対側から延びた何本もの綱を、荒海一家と銀八、溝口左門が握っている。縄が緩められて吊られた美鈴と卯之吉は轆轤船の甲板に降り立った。

「美鈴！」

　溝口左門が駆け寄ってくる。

「見事な働きであったぞ！」

「父上！」

美鈴は父の胸に飛び込む。左門もきつく抱きしめる。

「よくぞ無事に戻ってきた。父は、それがなにより嬉しいぞ」

役儀第一の武士としての建前を捨てて、一人の父親としての涙を滲ませる。美鈴を横に立たせると卯之吉に向かって頭を下げた。

「よくぞ娘をお救いくだされた！　礼を申す！」

「いやあ、あたしは何もしていませんよ……いえ、今回ばかりはちょっとばかし働きましたかねぇ。怠け者には似合わぬことをしてしまった」

卯之吉はヘラヘラと笑っている。本心からそう思っているのに違いない。

「なぁにを言っていなさるんですかい！」

濁声(だみごえ)で叫んだのは荒海ノ三右衛門だ。

「いつもどおりの大手柄だ。旦那は江戸の守り神。江戸一番の働き者にございやすぜ！」

荒海一家が拳を突き上げ、歓声をあげる。

そんな様子を源之丞と銀八が呆れながら見ている。

「あの親分は、いつになったら卯之さんの本性に気づくんだい？」

銀八も苦笑いを隠せない。

「いいってことです。大手柄には違いねぇんでげすから。みんなご無事でなによりでげすよ」

銀八は舵棒（かじぼう）を握った。艜艫船は大川を下っていく。大川の岸では住吉屋の寮が火の粉（こ）を吹き上げて焼け落ちていった。

七

南町奉行所の同心詰所。同心たちが文机を並べて書き物に余念がない。

大捕り物の後だ。老中に提出する報告書を山ほど認（したた）めなければならない。さらには犯科帳に記載して事件を後世に伝えなければならなかった。捕り物の後はとにかく忙しいのだ。

「さぁてと。だいたいこれでいいかな」

尾上は筆を擱（お）いた。自分が認めた書類を捲（めく）って読み直す。チラリと隣の机を見る。八巻が座るべき場所は空席だ。

内与力の沢田彦太郎が入ってきた。

「村田、尾上、玉木、ついてまいれ」

三人は「ハッ」と答えて立ち上がる。連れてゆかれた別室には畳が敷かれてあった。同心の詰所は板敷きだ。ここは身分の高い人物が通される部屋だった。

三人で畳に座る。正面には床ノ間があり、その横に沢田彦太郎が控えた。

一人の男が入ってきて、床ノ間を背にして座った。無邪気そうな笑顔を皆に向けている。

尾上は小声で沢田彦太郎に質した。

「こちらは、八巻？　それとも若君様？」

「若君様に決まっておろうが！」

ピシャリと言われて同心三人は一斉に「ははーっ」と平伏した。

幸千代は笑顔だ。

「楽にいたせ。畏まられては、こちらも、なにやらこそばゆい」

そうは言われても相手は将軍の弟だ。気楽に振る舞うことなどできない。玉木も尾上も額から脂汗を滴らせている。

代表して村田銕三郎が言上した。

「知らぬことではございましたが、同心一同による数々の無礼、万死に値いたしまする。なにとぞ厳しいお仕置きを賜りとうございまする」

「かまわぬと申しておる」

幸千代は大きく頷いた。

「そのほうらには感謝しておる。皆のお陰でわしは江戸の庶民の暮らしを知った。江戸の暮らしの安寧のため、多くの者たちが尽力しておることを知った。そのうえ此度(こたび)は我が許嫁が救われた。重ね重ね、礼を申すぞ」

内与力の沢田と同心たちは再び「ははーっ」と平伏した。

幸千代は満足そうだ。

「我が兄、すなわち上様の病も癒(い)えた。間もなく公務に復帰なされる。兄はまだ若い。いずれ世継ぎも生まれるであろう。わしは用済みじゃ」

皆の顔をゆったりと見渡す。

「そこでじゃ。わしは同心を続けようと思う。住吉屋藤右衛門の悪巧みはついえたが、世に悪党の種は尽きぬ。江戸の町を将軍の弟としてわしが守護する。一同、左様に心得よ！」

だが。村田銕三郎も尾上も玉木も、低頭しようとはしなかった。幸千代は不満そうな顔をした。

「なんじゃ。不承知か」

村田銕三郎が一同を代表して答える。

「いかにも不承知。ただ今の若君様のお言葉は、我らにとっては不可解にございまする」

「なぜじゃ！　わしの志のどこが不可解だと申すか！」

いつものように幸千代は短気だ。憤怒を形相にのぼらせる。

気の短さでは村田も負けてはいない。幸千代を将軍家の若君と知りつつ睨みつける。

「短慮極まるただいまのお言葉、我ら南町一同、御意には沿いかねまする。ただちにお取り消しを願いあげ奉りまする！」

「短慮じゃと！　このわしが、江戸の町を守らんと志すことが短慮と申すかッ」

「いかにも」

「なにゆえじゃ！　わけを申せッ」

今にも佩刀を抜いて、無礼打ちにしかねぬ激怒ぶりだ。村田は腹を据え直した。

「しからば申しあげまする。仰せの通りに、世に悪党の尽きることはございませぬ。我らは日夜奔走しておりまするが人手が足りず、荒海一家のごとき侠客の力まで借りる有り様。よって、若君様の、お手をお貸しくださるというお志、まことにありがたいことにございます」

「ならば――」

「しからば、なにゆえかくも多くの悪党が跳梁跋扈するのか、その大本をお考えくださいませ。悪党どもは貧しき者ども。貧しい家に生まれ、貧しく育ったがゆえに読み書き算盤も教えてもらえず、それゆえに商人、職人などの正業に就くことも叶わず、飢えと貧しさに耐えかねて悪の道に手を染めまする。我ら、町奉行所の役人は、悪の道に堕ちた悪党どもを捕らえ、成敗することはできまする。ですが、人が悪の道に堕ちてくることを防ぐことはできませぬ。若君様！」

村田は強い眼差しで幸千代を凝視する。

「貧しき者が悪の道に堕ちてこぬようにはかること、それは同心にはできませぬ。ですが、あなた様ならばおできになられまする！　貧しき家の子を正しく教え導き、読み書き算盤を習わせ、手に職をつけさせる。さすれば彼らは正道に就き、世のために良く働きましょう。かくして悪の道に堕ちる者の数は減りまする。されど！　そのためには大金がかかりまする。我ら町奉行所にはそのような金はございませぬ。力もございませぬ。されど、将軍家にはございまする！」

村田は畳に平伏した。

「悪人を減らし、江戸の町に平穏をもたらしたいとのお考えならば、なにとぞ民を慈しみ、貧しき者に救いの手を差し伸べてやってくださいませ。悪党の十人や二十人を懲らしめることなどは、我ら同心にお任せくだされ。あなた様には、もっと大きな仕事を成し遂げていただきとうございまする！」

幸千代は虚を衝かれた顔つきで座っている。同心三人は幸千代の返事があるまで平伏している。

やがて幸千代は大きく息を吐いた。大きく頷いた。

「そのほうの申すこと、もっともじゃ。諫言、身に沁みたぞ。いかにもわしの心得違いであった」

幸千代はほんのりと微笑した。

「やはりそなたはわしの上役じゃ。これからも、わしの振る舞いに至らぬところがあれば、厳しく叱ってくれ」

「ありがたきお言葉にございまする」

「わしはわしの務めを果たす。わしがこれからなにをするべきか、いまこそ得心がいった。見ておれよ。お前たちの働きには、決して負けぬぞ」

幸千代は立ち上がった。

「江戸の町のこと、しかと頼むぞ」

同心三人は声を揃えた。

「しかと仰せつかりましてございまする」

幸千代は大きく頷き返して奉行所を去った。

＊

初冬であるが温かな日差しに満ちている。江戸城の御殿は爽やかな笑い声に包まれていた。

本復(ほんぷく)成った将軍が上段に座っている。ゆるゆると美酒を呷(あお)っていた。

「八巻なる者、なかなかの傑物(けつぶつ)であるようだな」

幸千代に向かって微笑みかける。宴には幸千代、真琴姫、本多出雲守、大井御前が臨席している。

今度の事件の詳細が幸千代の口から将軍に伝えられた。悪党の策謀と、それを阻止した人々の活躍が伝えられたのだ。

将軍は話を聞き終えると大きく頷いた。

「そなたは頼もしき者どもに支えられておる。良き郎党を持ったのぅ」

幸千代は笑顔で首を横に振る。

「郎党ではござらぬ。友にござる」

「友か。よきものだ。大事にいたせ」

「皆、此度の難儀にあたって、天下の安寧のため、よく働いてくれもうした」

ここで本多出雲守がズイッと膝を進めて言上し始める。

「上様！　贋小判は金座が回収し、改めて小判に改鋳し直し、天下に流通させておりまする。米価も金相場も間もなく正しき様に戻ろうかと――」

幸千代が「出雲守！」と制した。

「今日は上様ご本復の祝いの宴じゃ。政の話は後にせい。上様の心労がたまるであろうが」

「これはしたり。この出雲守、なにをさしおいても政を第一と考える堅物でございまするゆえ」

そう言って低頭した出雲守を幸千代がからかう。

「たまには息抜きもいたせ。八巻に頼んで芝居小屋にでも連れていってもらうがよかろうぞ」

「そっ、その儀ばかりはご勘弁を！」

将軍が笑い、皆も一斉に笑った。

大井御前がちょっと意地悪そうな笑みを浮かべる。

「出雲守様、幸千代君は将軍家ご連枝（れんし）として上様の治世をお助け参られる、とのお考え。今後は勝手に出歩くことはせず、この江戸城で公務に与（あずか）るとのお考えでございます。そうでございましたな若君」

幸千代はちょっと苦々しげな顔をした。

「う、うむ……」

「若君様は『将軍家の政はわしが助けるゆえ、老臣たちは安心して遊興を楽しむがよかろう』と仰せなのでございまするぞ」

「いや、そこまでは言っていない」

幸千代が言い逃れをしようとすると、すかさず出雲守が平伏した。

「この出雲守、確かに幸千代君のお言葉を頂戴つかまつりました。将軍家の補翼（ほよく）たらんとする幸千代君のお覚悟、まことにもって頼もしきかぎり！」

幸千代はもう諦め顔だ。

「やれやれ。とんだ藪蛇（やぶへび）であった」

一同はまた大笑いした。

将軍も微笑んでいる。

「案ずるな弟よ。天下の政のすべてをそなたに背負わせるつもりはない。そなたにもらった薬のお陰で病も癒えた。余も公務に復帰いたそうぞ」

「……薬？」

幸千代にはわけがわからない。

「よもや、八巻か。八巻が兄を救ってくれたのか」

そう呟くと、感慨深そうに頷いた。

その時であった。御殿の外から賑やかな音曲と歌声、笑い声が聞こえてきた。

将軍が目を向ける。

「なんじゃ、あの騒ぎは」

大井御前が答える。

「江戸の町人たちにございます。上様のご本復を祝って、皆で謡い、踊っているのでございますよ」

「おお。左様であったか。江戸の者たちが喜んでくれておるか」

江戸の大路で町人たちがそれぞれに着飾って舞い踊っている。町中を埋めつくした群衆の中、山車が引き出されてその上で卯之吉が優雅に舞っていた。

荒海ノ三右衛門と源之丞が太鼓を叩いている。美鈴は横笛を吹いていた。

「さぁさぁ皆さん、天下太平、万々歳！　御祝儀にございますよ！」

屋台の上から銀八が、菊野が、餅を撒く。

卯之吉は金扇を手にして舞い踊る。山車の下では溝口左門も踊っている。水谷弥五郎と由利之丞もいる。門太郎など事件に関わった放蕩者も踊りの列に加わっていた。

「楽しいねぇ！　もっともっと派手にやりましょう！」

卯之吉は絶好調だ。初冬の澄んだ青空の下。お祭り騒ぎはいつまでも、いつまでも続いたのだった。

この作品は双葉文庫のために書き下ろされました。

双葉文庫

は-20-25

大富豪同心

贋の小判に流れ星

2020年8月10日　第1刷発行
2024年9月 9 日　第2刷発行

【著者】
幡大介

【発行者】
箕浦克史
【発行所】
株式会社双葉社
〒162-8540 東京都新宿区東五軒町3番28号
［電話］03-5261-4818(営業部)　03-5261-4831(編集部)
www.futabasha.co.jp(双葉社の書籍・コミックが買えます)
【印刷所】
中央精版印刷株式会社
【製本所】
中央精版印刷株式会社

【フォーマット・デザイン】
日下潤一

ISBN978-4-575-67013-4 C0193
Printed in Japan

幡大介　大富豪同心
八巻卯之吉 放蕩記
長編時代小説〈書き下ろし〉

江戸一番の豪商・三国屋の末孫の卯之吉が定町廻り同心になった。放蕩三昧の日々に培った知識、人脈、財力で、同心仲間も驚く活躍をする。

幡大介　大富豪同心
天狗小僧
長編時代小説〈書き下ろし〉

油問屋・白滝屋の一人息子が、高尾山の天狗にさらわれた。見習い同心の八巻卯之吉は、上役の村田鋳三郎から探索を命じられる。

幡大介　大富豪同心
一万両の長屋
長編時代小説〈書き下ろし〉

大坂に逃げた大盗賊一味が、江戸に舞い戻った。南町奉行所あげて探索に奔走するが、見習い同心の八巻卯之吉は、相変わらず吉原で放蕩三昧。

幡大介　大富豪同心
御前試合
長編時代小説〈書き下ろし〉

家宝の名刀をなんとか取り戻して欲しいと頼み込まれ、困惑する見習い同心の八巻卯之吉。そんな卯之吉に剣術道場の鬼娘が一目ぼれする。

幡大介　大富豪同心
遊里の旋風（かぜ）
長編時代小説〈書き下ろし〉

吉原遊びを楽しんでいた内与力・沢田彦太郎に遊女殺しの疑いが。窮地に陥った沢田を救うべく、八巻卯之吉が考えた奇想天外の策とは!?

幡大介　大富豪同心
お化け大名
長編時代小説〈書き下ろし〉

田舎大名の上屋敷で幽霊騒動が起き、怨霊に取り憑かれ怯える藩主。吉原で八巻卯之吉の名声を聞いた藩主は、卯之吉に化け物退治を頼む。

幡大介　大富豪同心
水難女難
長編時代小説〈書き下ろし〉

八巻卯之吉の暗殺と豪商三国屋打ち壊しの機会を密かに狙う元盗賊の女狐・お峰。窮地に立たされた卯之吉に、果たして妙案はあるのか。

幡大介　大富豪同心　刺客三人　長編時代小説〈書き下ろし〉

捕縛された元女盗賊のお峰が、小伝馬町の牢から脱走。悪僧・山鬼坊と結託し、三人の殺し人を雇って再び卯之吉暗殺を企む。

幡大介　大富豪同心　卯之吉子守唄　長編時代小説〈書き下ろし〉

卯之吉の屋敷に、見ず知らずの赤ん坊が届けられた。子守で右往左往する卯之吉と美鈴。そんな時、屋敷に曲者が侵入し、騒然となる。

幡大介　大富豪同心　仇討ち免状　長編時代小説〈書き下ろし〉

悪党一派が八巻卯之吉に扮した万里五郎助に武士を斬りまくらせる。ついに、卯之吉を兄の仇と思い込んだ侍が果たし合いを迫ってきた。

幡大介　大富豪同心　湯船盗人　長編時代小説〈書き下ろし〉

見習い同心八巻卯之吉が突如、同心として目覚めた!?　湯船を盗むという珍事件の下手人捜しに奔走するが、果たして無事解決出来るのか。

幡大介　大富豪同心　甲州隠密旅　長編時代小説〈書き下ろし〉

お家の不行跡を問われ甲府勤番となった坂上権七郎に天満屋の魔の手が迫る。八巻卯之吉は権七郎を守るべく、隠密同心となり甲州路を行く。

幡大介　大富豪同心　春の剣客　長編時代小説〈書き下ろし〉

卯之吉の元に、思い詰めた姿の美少年侍が現れた。秘密裡に仇討ち相手を探してほしいと頼み込まれ、つい引き受けた卯之吉だったが。

幡大介　大富豪同心　千里眼　験力（げんりき）比べ　長編時代小説〈書き下ろし〉

不吉な予言を次々と的中させ、豪商ばかりか時の老中まで操る異形の怪僧。その意外な正体と黒い企みに本家千里眼（?）卯之吉が迫る。

幡大介
大富豪同心
隠密流れ旅
長編時代小説〈書き下ろし〉

卯之吉、再び隠密廻に!!　遊興目当てで勇躍乗り込んだ上州では、三国屋の御用米を積んだ川船が転覆した一件で不穏な空気が漂っていた。

幡大介
大富豪同心
天下覆滅
長編時代小説〈書き下ろし〉

不気味に膨らむ神憑き一行は何者かに煽られ、ついに上州の宿場で暴れ出す。隠密廻り・八巻卯之吉が捻り出したカネ頼みの対抗策とは!?

幡大介
大富豪同心
御用金着服
長編時代小説〈書き下ろし〉

公領水没に気落ちする民百姓に腹一杯振る舞う卯之吉。だがその元手は幕府から横領した堤修繕金。露見すれば打ち首必至、さあどうなる!?

幡大介
大富豪同心
卯之吉江戸に還(かえ)る
長編時代小説〈書き下ろし〉

着服した御用金で公領の大水を見事収めた放蕩同心・八巻卯之吉がついに帰還。花街で連夜の遊興に耽るうち、江戸の奇妙な変化に気づく。

幡大介
大富豪同心
走れ銀八
長編時代小説〈書き下ろし〉

放蕩同心・八巻卯之吉の正体がバレぬよう尽くす、江戸一番のダメ幇間、銀八に嫁取り話が浮上。舞い上がる銀八に故郷下総の凶事が迫る!

幡大介
大富豪同心
海嘯(かいしょう)千里を征(ゆ)く
長編時代小説〈書き下ろし〉

鳩尾を一突きされた骸と渡世人の斬死体。二つの殺しを結ぶのは天下の台所、大坂と睨んだ放蕩同心八巻卯之吉は勇躍、上方に乗り込む。

幡大介
大富豪同心
お犬大明神
長編時代小説〈書き下ろし〉

放蕩同心、八巻卯之吉が吉原よりハマったのはなんと犬!?　愛するお犬様のため奔走する卯之吉の前に大事件ならぬ犬事件が起こる。

幡大介
大富豪同心
闇の奉行
長編時代小説〈書き下ろし〉
将軍のお犬発見の手柄を黒幕、上郷備前守に譲った八巻卯之吉。息を吹き返した備前守は北町奉行に出世し打倒卯之吉の悪計をめぐらす。

幡大介
大富豪同心
影武者　八巻卯之吉
長編時代小説〈書き下ろし〉
NHKのドラマも大評判だった大富豪同心のシリーズ第23巻！　屋敷を抜けだした徳川の若君にそっくりだということで卯之吉が代役に!?

幡大介
大富豪同心
昏(くら)き道行き
長編時代小説〈書き下ろし〉
お世継ぎ候補である徳川の若君の命を狙う一味は諦めず、次々と魔手を伸ばしてくる。身代わりをしている卯之吉が危ない――！

葉室　麟
川あかり
長編時代小説
藩で一番の臆病者と言われる男が、刺客を命じられた！　武士として生きることの覚悟と矜持が胸を打つ、直木賞作家の痛快娯楽作。

葉室　麟
螢草(ほたるぐさ)
長編時代小説
切腹した父の無念を晴らすという悲願を胸に、出自を隠し女中となった菜々。だが、奉公先の風早家に卑劣な罠が仕掛けられる。

葉室　麟
峠しぐれ
長編時代小説
峠の茶店を営む寡黙な夫婦。ある年の夏、二人を討つため屈強な七人組の侍が訪ねてきた。二人の過去になにが。話は十五年前の夏に遡る。

葉室　麟
あおなり道場始末
長編時代小説
その剣、天下無双――ただし、三回に一回!?未完成の奥義〝神妙活殺〟を引っさげて、三兄妹弟は父の仇を捜すため道場破りの旅にでる！